Ein langer Weg

Für Oliver

Cora van Kleffens

Ein langer Weg

© 2016 Cora van Kleffens

Herstellung und Verlag: BoD – Books on Demand, Norderstedt
ISBN: 978-3-7412-1373-1

Inhalt

Aufbruch	7
Auf Klytaimnestras Spuren	12
Magische Orte	26
Rückblicke	33
Traumberuf	43
Unbeschwerte Zeiten	48
Vom Glück und Leid	55
Frühe Spuren	65
Suche nach dem Ausweg	72
Zaghafter Neubeginn	77
Kompromisse	85
Am Ziel	90

Aufbruch

Wohin wollte sie eigentlich?
Rosa war früh aufgebrochen, hatte nur rasch ein paar Sachen eingepackt, die Türen langsam hinter sich zugezogen, war in ein Taxi gesprungen und zum Flughafen gefahren.
Nur erst mal weg, weit, weit weg, wieder durchatmen können, dachte sie bei sich, alles andere wird sich schon finden.

Im hell erleuchteten Flughafengebäude herrschte bereits lebhaftes Treiben. Alle Leute schienen ein festes Ziel zu haben, das sie so schnell wie möglich zu erreichen suchten. Ihre prall gefüllten Koffer hinter sich her ziehend, reihten sie sich in die langen Schlangen vor den Schaltern ein.
Sie wussten offenbar alle genau wohin die Reise gehen sollte. Aber wo lag Rosas Ziel? Hatte sie überhaupt einen Plan oder war sie einfach vor den Schwierigkeiten davongelaufen, denen sie sich nicht mehr gewachsen fühlte?

Auf den großen Anzeigetafeln der Abflughalle leuchteten hintereinander die Abflugzeiten ganz unterschiedlicher Städte auf: Rom, Paris, Kalkutta, Delhi, Bangkok usw. Jeder der Namen hatte

etwas Verlockendes und forderte eine Entscheidung. Doch Rosa war unfähig, eine solche zu treffen, sie konnte nicht auswählen, sie wollte ausgewählt werden. Sie hoffte insgeheim, das Ziel möge sie aussuchen, es möge sie anspringen und sie leiten, sie aus der Verantwortung entlassen.
Und sie hatte Glück! Während sie noch unschlüssig hin und her lief, leuchtete plötzlich der Name „Athen" auf der Anzeigetafel vor ihr auf.

Wie gebannt schaute Rosa auf das Wort „Athen", ja, das war es, da wollte sie hin und dann weiter, weiter nach Mykene, ganz so wie vor vielen Jahren, als sie zum ersten Mal alleine aufbrach, um die Welt zu erkunden und alles noch so einfach war.

Gut zwei Stunden lagen noch vor dem Abflug, also Zeit genug, um ein Ticket zu kaufen, einen Kaffee zu trinken und eine Flasche Cognac im Duty Free Shop zu erstehen.
Für alle Fälle, dachte Rosa und vergrub die Flasche in ihrer Tasche und eilte zum Gate.

Pünktlich hob die Maschine in Frankfurt ab, ließ rasch die Stadt und die grünen Felder hinter sich, stieg höher und höher, bis über die Wolken und brachte Rosa ihrem Ziel immer näher.

In Athen angekommen, kaufte sie sich sofort eine Fahrkarte nach Nauplia.
„Sie haben Glück", sagte eine freundliche Stimme:
„der nächste Zug fährt in drei Stunden, das schaffen Sie bequem. Machen Sie einen Verwandtenbesuch?"
„Nicht wirklich, …oder vielleicht doch",
antwortete Rosa zögerlich und lachte, „ ich erzähle es Ihnen, wenn ich zurückkomme."

Draußen goss es in Strömen und alles drängelte und schubste, jeder wollte als erster ein Taxi ergattern, um dem Regen zu entkommen. Vornehme Zurückhaltung war hier offenbar ganz fehl am Platz.
Männer gehen da viel geschickter vor, sie sind eben Meister im Erobern, auch wenn es nur um ein Taxi geht, dachte Rosa und wartete geduldig weiter. Nach drei weiteren Fehlschlägen war es dann endlich soweit, müde und völlig durchnässt saß sie in einem Taxi, das sie geradewegs zum Bahnhof brachte.

Der zugige Bahnhof war riesengroß und sie hatte einige Mühe, den richtigen Zug zu finden. Um so größer war ihre Freude über ein fast leeres Abteil, wo sie am Fenster Platz nahm. Sorgfältig verstaute sie ihre regennassen Sachen und fühlte wie ihre Angespanntheit sich löste. Geschafft, flüsterte sie und schloss erschöpft die Augen.

Langsam verließ der Zug den Bahnhof, gewann dann rasch an Fahrt und ließ die Großstadt hinter sich. Die grauen Wohnblocks verschwanden allmählich und machten einer kargen, eintönigen Landschaft Platz. Gebannt schaute Rosa nach draußen, nein, sie träumte nicht, sie war auf dem Weg nach Mykene, an den Hof Agamemnons und der Klytaimnestra. Dorthin, wo vor langer Zeit eine Tragödie stattfand, wie sie bei sich dachte.

Allmählich wurde es dunkel und die Außenwelt entzog sich ihrem Blick, wollte nichts preisgeben, deckte alles um sie her zu. Die wenigen Menschen in ihrem Abteil sahen eher abweisend aus, betrachteten sie misstrauisch, so schien es ihr zumindest. Nur das gleichmäßige Rattern der Räder wirkte beruhigend, gab Zuversicht und Hoffnung.

Draußen tauchten jetzt nur noch ab und zu in der Ferne kleine erleuchtete Flecken am Horizont auf. Ihre Nachbarn machten sich ans mitgebrachte Essen, die Weinflasche kreiste und bald danach schliefen sie ein.

Rosa hatte ein Buch hervorgeholt in dem sie sich vergrub und begann zu lesen, was sie schon viele Male gelesen hatte. War es Zufall, dass sie gerade dieses Buch in der Eile eingepackt hatte? Rosa konnte es nicht sagen, aber es war da, begleitete sie wie eine alte Vertraute aus früheren Zeiten. Und während sie so ihrem Ziel entgegenfuhr, vermischte sich wie schon so oft ihre eigene Geschichte mit der Geschichte, die sie las zu einer neuen Geschichte, die erzählt werden wollte.

Auf Klytaimnestras Spuren

Rosa dachte daran, dass sie, seit ihr Leben schwieriger geworden und ihre Träume mehr und mehr entschwunden waren, immer häufiger Zuflucht in der Literatur gesucht hatte. Vor allem Tragödien und hier ganz besonders die griechischen hatten es ihr angetan. Die Schicksale von Medea und insbesondere von Klytaimnestra, beschäftigten sie, ließen ihr keine Ruhe. Immer wieder hatte sie die Geschichten aufs Neue gelesen, hatte ihnen einen Sinn, ihren Sinn gegeben. Teils aus Neugierde, teils aus Bewunderung für diese furchtlosen Frauen, wollte sie mehr über sie erfahren; vor allem über Klytaimnestra, die Mutige, die Frau im Schatten des mächtigen Agamemnon, die mit aller Kraft versuchte, dem Schicksal eine eigene Wendung zu geben, ihr Leben selbst zu bestimmen, wohl wissend, dass ihr Aufbegehren seinen Preis haben würde. Ihre Entschlossenheit und ganz besonders ihre Stärke und ihr Selbstvertrauen faszinierten Rosa, gaben ihr Mut. Wie gerne wäre sie für Klytaimnestra eine Freundin, eine zuverlässige Vertraute gewesen. Hätte sich ihrer Sache angenommen, ihr mit Rat und Tat zur Seite gestanden, sie unterstützt in ihrem mutigen aber aussichtslosen Kampf. Denn

Freunde hatte Klytaimnestra keine, selbst ihre Kinder wandten sich von ihr ab. Nur ihr Liebhaber, zu dem sie Vertrauen fasste und an dessen Seite sie sich ein glücklicheres Leben erhofft hatte, hielt zu ihr.

Rosa vertiefte sich ganz in ihr Buch und versenkte sich wieder in die Lebensgeschichte dieser mythischen Gestalt, blätterte in diesem erzählten Leben. Sie suchte nach der Geschichte hinter der Geschichte, diese galt es ans Licht zu holen, wollte man verstehen, warum sich alles so zugetragen hatte, wie es von jeher erzählt wird. Ihr ganzes Interesse galt somit den Umständen, die die Tat begünstigt und letztlich möglich gemacht hatten. Diese wiederum, davon war Rosa überzeugt, waren allein in der Lebensgeschichte dieser ungewöhnlichen Frau zu finden. Es schien ihr, als läge dort nicht nur der Schlüssel zu Klytaimnestra sondern auch zu ihrem eigenen Selbstverständnis verborgen.

Klytaimnestra, die Rasende, die den Verstand verlor, außer sich war, als sie erkannte, dass der Versuch, das Glück auf ihre Seite zu ziehen, gescheitert war und sich keinen Rat mehr wußte, wurde in Rosas Augen zu Unrecht von allen verdammt. Sie begriff die mörderische Tat als Ausdruck grenzenloser Verzweiflung. Daran wollte sie festhalten, das war ihr wichtig und dafür suchte sie Beweise, galt es doch Klytaimnestras Geschichte neu zu erzählen.

Klytaimnestra war für Rosa eine starke und mutige Frau, die im Gegensatz zu Helena, ihrer schönen Schwester von einem Leben ohne Helden, ohne Opfer, ohne Sieger und ohne Besiegte träumte und mitgerissen wurde von den Möglichkeiten, die sich aus diesen Träumen ergaben.
Und insgeheim erhoffte sich Rosa auch eine Lösung für die Fragen, die ihr eigenes Leben betrafen:
Wann und wodurch endet eine Liebe, schwindet das Vertrauen und der Respekt vor dem anderen und welche Auswirkungen hat dies auf die eigenen Person?

Um hier eine Antwort zu finden, schlüpfte Rosa in die Rolle der Klytaimnestra, drang tief in deren Leben ein, zurück zu den entscheidenden, alles verändernden Begebenheiten; zu den vielen Enttäuschungen und Demütigungen, die diese erfahren hatte, seit des Helden Blick auf sie gefallen war, damals im fernen Sparta - sie war zu diesem Zeitpunkt bereits verheiratet, war Mutter eines Sohnes, als der Held sie begehrte und mit sich nahm, nicht ohne zuvor Mann und Kind zu erschlagen - bis hin zu dem Tag als Agamemnon, ihr Gatte, bereit war, ihre erstgeborene Tochter zu opfern, damit die Götter ihm und seiner Flotte günstige Winde schicken sollten, die sie so dringend benötigten, um ein Unrecht wiedergutzumachen.

Das Unrecht hieß Helena und war Klytaimnestras schöne Schwester, die Paris, der Sohn des Königs Priamos nach Troja entführt hatte, weit weg von Menelaos, dem ältlichen König von Sparta, ihrem Mann.

Rosa verstand Klytaimnestras Empörung über die Götter, die, anstelle zu strafen, das Opfer wohlwollend annahmen und die ersehnten Winde schickten. Auch ihre Enttäuschung über die Bewohner der Stadt, die über das Unrecht hinwegsahen, es tolerierten, ja, es sogar für gut und richtig hielten, konnte Rosa gut verstehen.

Niemand stand ihr damals zur Seite, ihr, der Mutter, die allein zurückblieb ohne Trost und Beistand. Vielmehr frohlockten alle mit den Helden, die aufbrachen, um die Ehre des gehörnten Menelaos wieder herzustellen und sie bedauerten es zutiefst, nicht selbst mitfahren zu können.

Das vermeintliche Unrecht wurde so zum Anlass genommen für ein weit größeres, das nicht wieder gut gemacht werden konnte. Aber das sah keiner, wollte keiner sehen.

Warum verlangte Agamemnons Tat keine Sühne, warum wird sie nur ganz am Rande erwähnt, ist völlig bedeutungslos für den Fortgang der Geschichte?
Warum wird sie später nicht zur Entlastung Klytaimnestras herangezogen, findet keinerlei Beachtung, mildert nicht die Umstände?
Warum spielten die Hintergründe, die zu Klytaimnestras Tat führten keine Rolle, blieben unbeachtet, das fragte sich Rosa immer wieder.

Die Olympier, so schien es ihr, waren ungerecht und parteiisch. Sie maßen mit zweierlei Maß und waren stets nur darauf bedacht, ihren Machtanspruch zu verteidigen ganz so wie die Helden. Ihnen gegenüber hatten die Frauen keine eigene Stimme, waren bedeutungslos und so spielte auch Helena nie eine wirkliche Rolle in dieser allen bekannten Geschichte.

Schön war sie, die Tochter der Leda, fügsam dem Ziehvater und dem Gatten. Entführt wurde sie, verschleppt ins Land der Barbaren, gegen ihren

Willen, so hieß es. Ihr Fehltritt wurde vertuscht, kurzer Hand zum Raub erklärt und diente so als Grund für das kriegerische Unternehmen.

Eine glaubwürdige Geschichte und ein Schuldiger waren schnell gefunden: Paris, Sohn des Priamos, ein anmaßender Barbar hatte das ihm gewährte Gastrecht aufs schändlichste missbraucht und die wehrlose Fürstin heimlich gegen ihren Willen entführt, sie geraubt. So drang es nach draußen. Diese Ungeheuerlichkeit rief nach Rache, duldete keinen Aufschub. Und so machte die Geschichte vom Raub der Helena, der Schönen alsbald die Runde. Sie zu befreien und eilends zurückzuholen war oberstes Gebot. Koste es was es wolle.

Und um diesen Frevel wieder gut zu machen, machten sich alle Helden der damals bekannten Welt auf, verließen Hof, Frau und Kind, um die Ehre des in seiner Männlichkeit gekränkten Königs Menelaos zu retten und somit auch ihre eigene.
Die daheim gebliebenen Männer, die schwachen und weniger mutigen, versuchten ihrerseits ebenfalls das Glück der Stunde zu nutzen, belagerten die verlassenen und ohne männlichen Schutz zurückgelassenen Frauen, nisteten sich bei ihnen ein

unter dem Vorwand ihnen Schutz zu bieten, bedrängten sie und trachteten nach ihrem Besitz.

Auch Klytaimnestra war in Mykene zurückgeblieben, allein mit den drei ihr noch verbliebenen Kindern und war Opfer zahlreicher Nachstellungen. Anfänglich wehrte sie sich nach Kräften, später gab sie nach, ließ es geschehen. Und so vergingen die Jahre, verging ihr Leben.

Ab und zu erreichten sie Nachrichten von den endlosen Kämpfen um Troja und vom wechselnden Glück des Kampfes. Auch die zahlreichen Liebschaften ihres Mannes drangen an ihr Ohr. Es berührte sie nicht.
Sie kümmerte sich weiter nach Kräften um die Belange der Stadt und musste doch zusehen, wie die Freier immer dreister wurden, wie sie ihren Besitz verzehrten. Wußte sich keinen Rat.

Erst die Ankunft von Aigisthos brachte die Veränderung mit sich; etwas in ihr fasste wieder Mut und Vertrauen, der Panzer, der sich um ihr Herz gelegt hatte, löste sich langsam und allmählich brach sie ihr Schweigen

Der neue Belagerer ihrer Güter glich auf den ersten Blick ganz seinen Vorgängern. Auch seine

Absichten und Ziele schienen klar auf der Hand zu liegen: für den vermeintlichen Schutz der Königin verlangte er den Thron.

Doch schon bald erkannte Klytaimnestra seinen tiefen Hass gegen Agamemnon, der ihr Mann und sein Onkel war. Dieser Hass machte sie neugierig und weckte ihr Interesse. Aigisthos wiederum sah in ihr ein schwaches, einfältiges Weib, das seinen Absichten nicht im Wege stünde und nannte sein wahres Motiv: er war nicht gekommen um über sie an die Macht zu gelangen, sondern um seinen rechtmäßigen Anspruch auf den Thron geltend zu machen und so das an seinem Vater begangene Unrecht wiedergutzumachen.

Er sprach ganz offen über seine Enttäuschungen, seine Ängste, seinen glühenden Hass, und vieles erkannte sie wieder. So kamen sie sich näher; Abgründe taten sich auf, sie erschauderten.

Endlich hatte sie einen Vertrauten gefunden, einen, der aussprach, was sie empfand, der ihrer Verletztheit Sprache verlieh, indem er ihr Einblick in sein eigenes Inneres gewährte. Die zahllosen Demütigungen, die sie beide erfahren hatten und die sie nicht vergessen konnten, überwältigten sie.

Alles in ihr begehrte auf und wollte das ihr aufgezwungene Schicksal abstreifen wie ein viel zu lang getragenes Kleid. Zum ersten Mal erkannte sie aber auch die Macht, die sich hinter dem vermeintlichen Schicksal verbarg und der es zu entrinnen galt, wollte man überleben. Es waren die Helden, die das Schicksal der anderen diktierten, es nach ihren Bedürfnissen formten und vorgaben im Namen der Götter zu sprechen. Sie missbrauchten die Götter für ihre Zwecke, sie verrieten sie.

Auch Aigisthos trug schwer an seinem Schicksal, sträubte sich gegen die ihm zugedachte Rolle. Er war ein Mann, aber kein Held, wollte keine Taten vollbringen. Sieg und Unterwerfung bedeuteten ihm nichts, doch er verlangte sein Recht, den Thron seiner Väter. Und dabei sollte sie ihm helfen.

Manche nannten Aigisthos einen Schwächling, einen Taugenichts, so wie er aussah, eher rundlich als schlank in seiner auffälligen Kleidung. Aus seiner Leidenschaft für Essen und Trinken machte er keinen Hehl und körperliche Ertüchtigung verabscheute er zutiefst. Er liebte die Jagd und er liebte Klytaimnestra, mit der er viel Zeit verbrachte, er hörte ihr zu, verstand ihren Zorn und

konnte sehr zärtlich sein. Sie blühte auf, schöpfte Hoffnung und das lang Verdrängte machte sich Luft. Sie fand Worte für das scheinbar Unsagbare, es bekam einen Namen und wurde ihr Rettung und Befreiung. So wurden sie Verbündete, waren Schicksalsgenossen.
Das für sie Unfassbare geschah ganz wie von selbst. Langsam erwuchs aus dem ihr entgegengebrachten Verständnis Zuneigung und der Hass, der sie anfänglich verbunden hatte, trat immer mehr in den Hintergrund, machte Platz für Liebe und neue Hoffnungen.

In ihrem Erzählen stiegen die alten Bilder wieder auf, die Erinnerung an ihr anfängliches Glück ließ sie erwachen aus ihrer jahrelangen Starre, aber je länger sie erzählte und sich so von vielem Bedrückenden löste, umso deutlicher führte die Erinnerung unweigerlich auch auf jenen Schrecken zurück, durch den Agamemnon ihre gemeinsame Welt zerstört hatte.

Sie erzählte davon, wie sie nach ihrer Ankunft in Mykene zum ersten Mal die Burg gesehen hatte und kurz darauf durch das Löwentor geschritten war. Damals hatte sie den Anspruch auf Ewigkeit, der von diesem Ort ausging, deutlich gespürt und die Kyklopenmauern hatten ihr Schutz und Sicherheit versprochen. Sie war es dann doch zufrieden, hatte sich nach und nach geborgen gefühlt in ihrer neuen Heimat, hatte langsam Vertrauen geschöpft, hatte vergessen wollen.

Die Landschaft, die sie vorfand, war eher karg und zurückweisend, außer Fichten und Olivenbäumen gab es wenig. Doch da war dieser Duft, dieser eigenartige Duft nach Erde, Lavendel und Thymian, der sie zunächst vergessen ließ, was sie zurückgelassen hatte und ihr einen Neuanfang ermöglichte. Die Bilder der gewaltsamen Brautnahme waren immer mehr in den Hintergrund getreten, verblassten schließlich ganz, und langsam, ganz langsam schien so etwas wie Glück wieder Einzug zu halten in Mykene.

Von den zahlreichen Geburten waren ihr nur vier Kinder geblieben, drei Töchter und ein Sohn, die nach Landessitte in die Hände der Amme kamen. Nur Iphigenie, die Erstgeborene war länger in ihrer Obhut geblieben, wohl um der Mutter das Einleben in der Fremde zu erleichtern, ein Entgegenkommen, das diese zu schätzen wusste und als Liebe gedeutet hatte. Entsprechend eng war die Beziehung des Mädchens zu ihr und zum Vater gewesen. Beide liebten das Kind und überschütteten es mit Zärtlichkeit.

An die Stelle der früheren Vorbehalte dem Ehemann gegenüber war bald die Bewunderung für den großen, stattlichen Helden getreten. Sie fühlte sich sicher in seiner Nähe, vertraute ihm, schenkte ihm ihre Liebe. Es schmeichelte ihr, seine Frau zu sein. Sie hatte sich untergeordnet, mit dem Helden identifiziert, seine Sache zu der ihren gemacht und hatte versprochen während seiner Abwesenheit die Herrschaft in seinem Sinne weiterzuführen zum Besten des Landes und der Leute. Pflichtbewusst hatte sie ihren Teil beitragen wollen zu dem Ruhm, den ihm die Befreiung der Schwester einbringen würde.

In diesem Glauben war sie damals zusammen mit dem geliebten Kind und der Truppe aufgebrochen, wollte dem gefährlichen Unternehmen ihren Segen geben, war glücklich und stolz auf all die schillernden Helden gewesen, die von weither gekommen waren, um Helena, die Schwester zurückzuholen, um das Unrecht wiedergutzumachen und den Schurken Paris zu bestrafen.

Wilde und furchterweckende Parolen waren auf dem Weg nach Aulis geschmettert worden, in die sie fröhlich mit eingestimmt hatte, die goldenen Locken ihres Kindes streichelnd, das den strahlenden Vater bewunderte.

Sechs Tage waren seither vergangen und am tiefblauen Himmel hatte sich noch immer kein Wölkchen gezeigt, keine noch so kleine Brise wollte die schlaffen Segel der stolzen Flotte blähen und langsam begann sich Unruhe unter der Mannschaft auszubreiten.

Da geschah das Unfassbare!
Nach längerer Beratung und Befragung des Orakels waren die Helden übereingekommen, die scheinbar zürnenden Götter durch ein Opfer auf das Unternehmen einzuschwören. Schnell wurde ein Altar errichtet, die Männer standen, Spalier bildend, rechts und links, Agamemnon in der Mitte, der Dolch blitzte. Da rief er die Tochter und lustig, voller Freude eilte sie dem geliebten Vater entgegen, ohne Arg und Furcht.

Ein Schrei entfuhr Klytaimnestras Mund. Nie würde sie dieses Bild je vergessen können. Es blieb stehen in ihrem Gedächtnis, war seit diesem Tag nicht mehr zu löschen und hatte aus ihr einen anderen Menschen gemacht.

Als sie dann drei Tage später aus ihrer Ohnmacht erwachte; waren die Schiffe bereits ausgelaufen, die Helden auf dem Wege ins Abenteuer.

Denn unmittelbar nach der Opferung der Tochter hatten die Götter die ersehnten Winde geschickt und dem Rachefeldzug stand nun nichts mehr im Wege.
Die Mutter hatte man alleine mit der Amme am Ufer zurückgelassen.

An diesem Tag war das Band zerrissen, das sie mit Agamemnon verbunden hatte, unbändige Wut und Enttäuschung erfüllten sie, sie glaubte den Verstand zu verlieren, wollte sterben.

Magische Orte

Rosa öffnete die Augen, ihre Lektüre lag neben ihr. Da verlangsamte auch schon der Zug seine Fahrt und hielt kurz darauf in Nauplia. Sie hatte wohl ein wenig geschlafen und brauchte nun eine kleine Weile, um sich zurechtzufinden. Dann lächelte sie versonnen, packte eilends ihre Sachen zusammen und stieg aus.

Es war also kein Traum gewesen, dass sie heute morgen losgelaufen war und den in vielen Tagträumen schon geprobten Aufbruch wahr gemacht hatte. Eine gewisse Verwunderung, gemischt mit Bewunderung, erfüllte sie und voll Spannung erwartete sie den Fortgang der Dinge. Sie hatte den Anfang gemacht, den Aufbruch gewagt, hatte etwas in Gang gesetzt, der Rest müsse nun von außen auf sie zukommen und würde sie finden, davon war sie überzeugt, daran glaubte sie.

Erwartungsvoll schaute sie sich vor dem Bahnhof um, als sie eine Stimme hörte:
„Suchen Sie ein Hotelzimmer?"
Das vielleicht nicht so schnell erwartete „ja" erfreute den Taxifahrer und ohne weitere Umwege brachte er Rosa in ein kleines, nahegelegenes Ho-

tel, das, wie er erklärte, nur 30 km von Mykene, Korinth und Epidaurus entfernt lag, ein wahrer Glücksfall für jeden Touristen. Er steckte ihr noch seine Karte zu, für alle Fälle, falls sie mal wieder ein Taxi benötige, wechselte noch ein paar Worte mit dem Wirt, damit sie, wie er sagte, auch das schönste Zimmer bekäme. Rosa lachte und folgte dem Wirt, der bereits mit ihrem Koffer die Treppe hinaufstieg.

Das Zimmer war geräumig und hübsch eingerichtet mit Blick auf die Burg.
„Hier können Sie sich ausruhen und erholen nach den Strapazen, die die Kultur so mit sich bringt", sagte der freundliche Wirt und fuhr dann ganz im Sinne eines Fremdenführers fort:
„Nauplia ist nicht nur eine der schönsten, sondern auch eine der ältesten Städte Griechenlands, es gibt kaum ein europäisches Volk, das hier nicht seine Spuren hinterlassen hat. Nauplia wurde von den Mykenern in der Bronzezeit gegründet, ebenso wie Mykene und Argos", fuhr er stolz fort, wobei er ihr mehrere Prospekte überreichte.
„Busse fahren in alle Richtungen, wann immer Sie wollen". Rosa dankte ihm höflich und versprach die Prospekte sogleich durchzuschauen. Doch alleine auf ihrem Zimmer überkam sie

plötzlich eine große Müdigkeit und nach einem wohltuenden Bad schlief sie schnell ein.

Nach einer traumlosen Nacht erwachte sie am frühen Vormittag von lautem Stimmengewirr. Alle schienen schon auf den Beinen, um die Kultur, die sie für die ihre hielten, hautnah zu erleben. Ein kurzer Blick aus dem Fenster machte Rosa klar, dass hier die Zeit nicht stehen geblieben war. Aus dem einst so verträumten Städtchen war ein boomender Touristenort geworden. Überall standen Busse, um die Gäste aus aller Herren Ländern an die Orte ihrer Sehnsucht zu bringen.

Erschrocken und nicht wenig enttäuscht, trat sie rasch zurück und beschloss nach dem Frühstück zuerst der Stadt Nauplia einen Besuch abzustatten. Sie hatte keine Eile, wollte sich vorsichtig herantasten, sich mit der Landschaft, dem Duft der Erde und dem ewig blauen Himmel wieder vertraut machen, bevor sie die Reise nach Mykene antrat.

Dreißig Jahre waren seit ihrem letzten Besuch vergangen, eine ganze Ewigkeit, dachte sie bei sich. Alles war verändert, war kaum wieder zu erkennen.

Was wollte sie hier, was hatte sie erwartet?
Nichts verband sie mit den munteren Touristenscharen. Hatte sie sich nicht aufgemacht um wieder Halt zu finden, dem freien Fall Einhalt zu gebieten? Rosa hatte die Richtung verloren, war vom Weg abgekommen, hatte nicht mehr aus noch ein gewusst, war einfach weggelaufen, einer Entscheidung aus dem Wege gegangen in der Hoffnung, alles werde sich von selbst lösen, ginge man nur dahin zurück, wo einst die Reise begonnen hatte. Mit Hilfe der Vergangenheit wieder Mut für die Zukunft zu fassen, - wenn sie bei ihrem Aufbruch einen Plan gehabt hätte, - so wäre es dieser gewesen.

Suchend lief sie weiter durch die engen Gassen und wartete auf etwas, was sich nicht einstellen wollte. Auch das Auftauchen der kleinen Insel Bourtzi, des Wahrzeichens der Stadt, wo einst im Mittelalter der Henker zusammen mit seinen Gefangenen lebte und wo später ein einfaches Hotel entstand, das sie damals, vor vielen Jahren besichtigt hatte, half ihr nicht weiter. Sie erinnerte sich zwar noch genau an die vielen, bunten Quallen, die man bei der Überfahrt vom Boot aus sehen konnte und die ein Schwimmen unmöglich machten, aber das war auch schon alles. Eine davon hatte sie damals sogar fotografiert zum Erstaunen der übrigen Passagiere.

Voller Enttäuschung und ohne jegliche Erwartung fuhr sie am späten Nachmittag nach Argos, zur Burg Larissa. Von weitem waren schon die Mauerreste zu sehen inmitten der Wiesen voll blühendem Mohn, der sich im Winde wiegte. Und plötzlich war das Gefühl wieder da, nach dem sie verzweifelt gesucht hatte. In diesem Meer aus rot und grün gab es etwas wie Sicherheit, Geborgenheit. Hier hatte sich nichts verändert, alles schien an seinem Platz, unverrückbar für alle Ewigkeit. Blühende Gräser schmiegten sich noch genau so wie vor vielen Jahren an die brüchigen Mauerreste, ganz so als wollten sie ihre Geschichte schützen, die Geheimnisse bewahren.

Rosa setzte sich ins Gras und genoss die Aussicht. Sie liebte diese Landschaft, den Duft der Erde und den strahlend blauen Himmel, der zum Greifen nah schien. Nach den letzten Monaten des ständigen auf und ab, der Ungewissheit und der inneren Zweifel war es für Rosa unendlich beruhigend, etwas vorzufinden, was Dauer und Verlässlichkeit ausstrahlte. Endlich fühlte sie wieder Boden unter ihren Füßen. Was sie suchte und brauchte, war Stabilität, festen Grund, etwas vorauf man bauen konnte, auf das man sich verlassen konnte, das immer wiederkehrte ganz so wie die Jahreszeiten oder die Sonne nach dem Regen.

In Gedanken tauchte ein Bild ihrer Kindheit wieder auf. Damals war sie mutig und voller Neugierde auf einen Baum geklettert; oben angekommen, hatte sie Angst bekommen und jämmerlich geschrieen. Die Herbeieilenden hatten sie ausgelacht und einen Angsthasen genannt, nur Großvater hatte die Arme ausgebreitet und hatte gesagt:
„Komm Rosale, spring, hab keine Angst, ich fang Dich auf."
Rosa hatte die Augen geschlossen und war zitternd in die Tiefe gesprungen, wo Großvaters starke Arme sie aufgefangen hatten.
„Ach" seufzte Rosa unwillkürlich als ihr diese Szene wieder ins Gedächtnis kam.

Als sie am späten Abend wieder in ihrem Hotel ankam, fühlte sie sich besser und es war ihr leichter ums Herz.
Sie wird mir gut tun, diese Reise, ganz egal was immer auch dabei herauskommt, dachte sie bei sich und beschloss am nächsten Morgen zeitig

aufzubrechen, um ein Versprechen einzulösen, das sie sich vor langer Zeit gegeben hatte.

Ihr Ziel war Mykene, der Palast des Agamemnon und der Klytaimnestra. Dort zog es sie hin, an den Ort ihrer ersten großen Reise, wo ihr Leben noch so voller Träume, Illusionen und Hoffnungen war. Sie war fest davon überzeugt, dass nur die Rückkehr an diesen Ort ihr weiterhelfen konnte. Ganz so, wie sich ein Film zurückspulen lässt, wollte sie ihr Leben Schritt für Schritt wieder zurückdrehen bis zu der Stelle, an der sie die behütete und verwaltete Kindheit verließ, um die alleinige Verantwortung für sich und ihr Leben zu übernehmen. Hier, wo einst alles noch so unbeschwert und glücklich vor ihr lag, hoffte sie zur Ruhe zu kommen und wieder zu sich selbst zu finden. Der rote Faden, der den Weg aus dem Labyrinth weisen und neue Türen öffnen sollte, musste hier verborgen sein.

Rückblicke

Von früh an gehörte Rosas ganze Liebe ihrem Großvater, niemand hatte so viel Geduld und konnte so schöne Geschichten erzählen wie er! Anfänglich waren es Märchen aller Art, die nicht nur vorgelesen wurden, sondern auch schauspielerisch, als Zweipersonenstücke aufgeführt wurden und in denen Rosa immer die Hauptrolle übernahm. Sie verkörperte das gute Prinzip, Großvater alles übrige. Später verdrängten dann Sagen und Mythen die Märchen, und die Welt der alten Griechen gewann immer mehr an Bedeutung.

So kam es, dass Rosa schon früh mit der Welt der Götter und der Helden innig vertraut war. Sie kannte ihre Namen und ihre Schicksale und gemeinsam mit dem Großvater suchte sie auf der Landkarte all die berühmten Orte auf: Athen, Delfi, Sparta, Mykene, Korinth usw. Diese Namen brannten sich in ihr Gedächtnis ein und sie träumte davon, sie später einmal gemeinsam mit dem Großvater zu besuchen. Vor allem Agamemnon und sein Palast hatte es ihr angetan, der Held, der wie es die Ilias weiß, mit hundert Schiffen gegen Troja gesegelt war. Aber auch das Löwentor,

durch das er geschritten war, als er nach 10 jähriger Abwesenheit wieder nach Mykene zurückkehrte, beflügelte ihre Fantasie.
Und da der Großvater in jungen Jahren eine Reise ins Land seiner Sehnsucht gemacht hatte und ein paar vergilbte Fotographien, die er wie Schätze hütete, ihn am Löwentor zeigten, wurde auch er in den Augen der kleinen Rosa zum Helden, zu ihrem Helden.

Zu einer gemeinsamen Reise ist es dann nicht mehr gekommen. Irgendwann an einem heißen Sommertag verabschiedete sich Großvater ganz leise von dieser Welt, wie es so seine Art war, und nur sein Fernweh, seine Reiselust blieb in Rosa zurück.

Einige Jahre später war Rosa selbst dann ins Land der gemeinsamen Sehnsucht gefahren, alleine, mit der Lieblingslektüre des Großvaters, den Dramen des Aischylos unter dem Arm. Als sie auf ihrer Reise dann endlich vor dem Löwentor stand, war sie enttäuscht. Sie hatte es sich in ihrer Fantasie viel größer und gewaltiger vorgestellt. Hier vor Ort hatte es fast etwas Rührendes, so eingebettet im hohen Gras.

Gleich hinter dem Tor lagen noch einige verwitterte Sarkophage, offen, die Abdeckungen standen achtlos daneben. Grillen zirpten und die Bienen summten, aus der Ferne klangen die Glöckchen von Ziegen und Schafen herüber. Wo einst eine Tragödie stattgefunden hatte, strich nun ein warmer Wind liebkosend über die Landschaft und die Gräser wiegten sich rhythmisch, ganz so, als verneigten sie sich ehrfürchtig vor unsichtbaren Majestäten.

Rosa dachte an ihren Großvater und all die spannenden Geschichten, die er zu erzählen wußte und an die schönen Stunden, die sie zusammen verbracht hatten und daran, wie sehr er ihr fehlte. Wehmütig setzte sie sich auf eine alte, verwitterte Bank und betrachtete die friedliche Gegend, wo die Natur die Spuren der einstigen Bewohner langsam aber stetig zu verwischen begonnen hatte. Auf einem Mauervorsprung hatte sich ein großer, schwarzschimmernder Schmetterling niedergelassen, seine Flügel bewegten sich im Wind.

Und ganz plötzlich waren sie wieder da, tauchten auf aus der Vergangenheit, erwachten in Rosas Fantasie zu neuem Leben. Deutlich konnte sie Agamemnon erkennen, wie er stolz durch das Tor schritt in Siegerpose, knapp hinter ihm Kassandra, seine Kriegsbeute und Konkubine. Kühn und fordernd schritt er auf Klytaimnestra, seine Ehefrau zu. Rosa konnte die Angst in ihren Augen sehen und spürte das nahende Unheil.

Sie wußte nicht mehr, wie lange sie so vor sich hingeträumt hatte, als sie sich, immer noch ganz benommen, auf den Rückweg machte mit dem festen Vorsatz, am nächsten Tag wiederzukommen.

Hinter ihr verschwand langsam das Löwentor in der Abenddämmerung; Glühwürmchen flogen durch die Luft und ein schwerer, süßlicher Duft umgab die friedliche Anhöhe. Rosa fröstelte und noch ganz verwirrt von dem gerade in ihrer Fantasie Geschauten, schlang sie unwillkürlich ihren Schal fester um die Schultern und beschleunigte ihre Schritte.

Voller Erleichterung atmete sie auf, als plötzlich aus der Dunkelheit ihr Hotel wie eine rettende Insel auftauchte. Neue Reisende waren angekommen und erfüllten die Halle mit ihrem Lachen. Unwillkürlich musste sie an Großvater denken, der zu sagen pflegte: „Zuviel Einsamkeit schadet der Seele, das tut den Menschen nicht gut, das macht sie schwermütig, lähmt sie".

Recht hatte er, dachte Rosa, strich sich die Haare aus der Stirn und trat erwartungsvoll in den Speisesaal. Außer ihr gab es noch neun weitere Personen, eine 5er Gruppe und zwei Paare, die jeweils an einem Tisch saßen. Während Rosa sich noch suchend umschaute, stürzte auch schon ein Kellner herbei, der sie wortlos in die äußerste Ecke des Speisesaals bugsierte, an den Katzentisch mit Blick zur Wand. Rosas hilflosen Blick ignorierte er spöttisch.

Im Land der Helden reist man nicht ungestraft alleine, dachte sie und setzte sich entmutigt an den ihr zugedachten Tisch. Während sie auf das Essen wartete, zog sie Großvaters „Orestie" aus der Tasche und begann zu lesen, als plötzlich hinter ihr eine Stimme sagte:
„Wissen Sie eigentlich, dass die „Orestie" die einzig erhaltene antike griechische Trilogie ist?"
Rosa drehte sich langsam um, denn von ihrem Tisch war es ihr unmöglich in die Raummitte zu schauen und sagte leicht schnippisch:
„Ja, das weiß ich, das hab' ich auch auf der Schule gelernt."

Vor ihr stand ein großer, dunkelhaariger Mann mit bernsteinfarbenen Augen, der über das ganze Gesicht strahlte:

„Komm, setz' Dich zu uns, lesen kannst Du später noch." Gesagt, getan, und wenig später saß Rosa mit einer Gruppe junger Holländer zusammen, die eigentlich auf dem Weg nach Kreta waren, vorher jedoch noch all den aus der Schulzeit bekannten Orten einen Besuch abgestattet hatten. Am nächsten Morgen sollte es zurück nach Athen gehen und von da aus per Schiff auf die Insel Kreta zum Tauchen und Entspannen. Es wurde viel erzählt, gelacht, geraucht und noch mehr getrunken. Rosa fühlte sich wohl in ihrer Gesellschaft und in der Nacht träumte sie von Agamemnon, der nun bernsteinfarbene Augen hatte.

Als sie am nächsten Morgen reichlich spät mit Kopfschmerzen und Übelkeit erwachte, war der Himmel grau und es regnete. „Bernsteinauge" und seine Kumpels waren bereits auf den Beinen und gemütlich am Frühstücken, ganz ohne Kopfschmerzen! Wie selbstverständlich setzte sich Rosa zu ihnen, bekam ein höllisches Getränk, das angeblich jeden Kater vertreibe und es dauerte nicht lange, bis sie bereit war, Agamemnons Palast gegen das Labyrinth des Minotaurus einzutauschen, also ihre Reiseroute kurzer Hand zu ändern, um jenem menschenfressenden Ungeheuer, halb Mensch, halb Stier einen Besuch abzustatten, das einst dort eingeschlossen in seinem Labyrinth saß, bis es von Theseus erschlagen wurde, der dank Ariadnes Faden, wieder aus dem Labyrinth herausfand. Rosa erinnerte sich plötzlich wieder, wie sie immer um den armen Minotaurus weinen musste und vom Großvater mit den Worten getröstet wurde: "Das ist doch nur eine Geschichte." Aber erst seine Versicherung, dass der Minotaurus noch lebe und es ihm gut gehe, hatten damals ihre Tränen gestillt.

Und da war auch noch die Geschichte von Daedalus, dem Erbauer des Labyrinths, der in Ungnade gefallen war, der zusammen mit seinem Sohn Ikarus fliehen wollte; der Flügel bastelte und dem die Flucht gelang; der Sohn jedoch stürzte ins Meer. Wie sehr hatte sich Rosa solche Flügel vom Großvater gewünscht, Flügel wie sie die Engel trugen in der Kirche, die sie sonntäglich mit ihrer Großmutter besuchte. Mit solchen Flügeln wäre sie gerne zusammen mit dem Großvater über Berge und Wälder geflogen, hätte sich die Welt von oben angeschaut.

Auf Kreta gibt es genug zu sehen, dachte Rosa fast entschuldigend, und nahm das verlockende

Angebot an. Gegen Mittag, begleitet von Sturm und Dauerregen verließ sie dann mit ihren neuen Freunden Mykene, um von Piräus aus zu den Minoern zu fahren.

Rosa erinnerte sich noch genau an das kleine Schiff, das sie nach Kreta bringen sollte. Als sie an Bord gingen, ließ der Regen langsam nach, der Himmel klarte auf, der Wind vertrieb die letzten schwarzen Wolken und die Sonne zeigte sich wieder. Dies hielt Rosa für ein gutes Vorzeichen, glaubte, der Himmel betrachte ihre Entscheidung mit Wohlgefallen.

Das Schiff gewann langsam an Fahrt und ließ das Festland hinter sich. Vor ihnen glitzerte das Meer, lag das Ungewisse, lag das Abenteuer. Rosa war glücklich und zufrieden. Die folgenden Tage, die sie gemeinsam auf Kreta verbrachten, waren heiter und unbeschwert. Die meiste Zeit waren sie im, am oder unter Wasser, grillten Fische, die sie auf dem Markt erstanden, tranken griechischen Wein und spielten Karten. Es waren fröhliche, gut gelaunte junge Leute, ihre neuen Freunde, die noch einen weiten Weg vor sich hatten.
Wie Rosa später erfuhr, hatten sie sich während des Studiums kennengelernt und jetzt, nach erfolgreichem Abschluss, gönnten sie sich drei Mo-

nate Auszeit. Kurz bevor der „Ernst des Lebens" beginnen sollte, waren sie gemeinsam aufgebrochen, im Zickzack von hier nach dort, ganz ohne feste Pläne, immer der Sonne nach, vielleicht sogar bis nach Indien, wenn die Zeit dafür ausreichte.

Nach zehn gemeinsam verbrachten Tagen hieß es Abschiednehmen. Rosa packte ihre Sachen zusammen und machte sich, braun gebrannt und gut gelaunt, auf den Heimweg. Die neuen Freunde zogen weiter.
Von Kreta und dem Minotaurus hatte sie wenig, oder besser gesagt, nichts gesehen. Aber es war eine wunderschöne Zeit gewesen, so lustig und unkompliziert und sie konnte ja wiederkommen, das nächste Jahr vielleicht, oder später, das Leben lag ja noch vor ihr.

Das Schiff, das sie nach Piräus bringen sollte, hieß „Odysseus". Als sie an der Reling stand und auf das tiefblaue Meer schaute, dachte sie wehmütig an ihren Großvater und fühlte sich plötzlich ganz einsam. Doch viel Zeit zum Trauern und Abschiednehmen vom Land seiner Träume blieb ihr nicht, das Taxi, das sie zum Flughafen bringen sollte, wartete bereits. Der Urlaub war unweigerlich zu Ende. Noch ein letzter Blick aus dem Fenster des Flugzeugs auf das Meer und die friedliche Landschaft, die sie in den wenigen Wochen so lieb gewonnen hatte, und ein paar Stunden später landete Rosa in Hamburg, der Stadt, die für die nächste Zeit ihr neues Zuhause war, wo ein Abenteuer ganz anderer Art auf sie wartete, dem sie seit langem entgegenfieberte.

Traumberuf

Rosa hatte sich früh dafür entschieden Stewardess zu werden. Gegen alle Einwände seitens der Familie hatte sie sich schließlich durchgesetzt, hatte sich geweigert Pharmazie zu studieren, wollte keine Pillen drehen, sondern wollte die Welt sehen. Ihr Traum war der Albtraum ihrer Eltern. Versprechungen wurden gemacht, Tränen vergossen, Szenerien von vom Himmel stürzenden Flugzeuge vom Verwandtenkreis beschworen, selbst Daedalus und Ikarus wurden bemüht. Jeder wußte eine schlimmere Geschichte zu erzählen als der andere, die alle eines gemeinsam hatten, dass sie nicht im entferntesten die aktuelle Situation der Luftfahrt widerspiegelten. Auch der Spruch aus der Bibel: „Wer sich in Gefahr begibt, der kommt darin um" wurde häufig zitiert ebenso wie das Sprichwort „vom Esel auf dem Eis". Letztlich wurde der Großvater für all diese Flusen im Kopf der Enkelin verantwortlich gemacht. Nur seine ewigen Geschichten und Abenteuerromane konnten die Auslöser für solche Hirngespinste sein, die man sich sonst nicht anders erklären konnte und die in der Familientradition nicht angelegt waren.

Doch nun war es endlich soweit, Rosa war in Hamburg! Sofort nach der Ankunft nahm sie sich ein Zimmer in dem einzigen Hotel am Flughafen Fuhlsbüttel, packte ihre Sachen aus und fieberte dem nächsten Tag entgegen, an dem sie sich dann nach einer unruhigen Nacht mit wilden Träumen, am 29. April 1964, zehn Tage nach ihrem 22. Geburtstag, erwartungsvoll auf den Weg in ein neues Leben aufmachte.

Das Gebäude, in dem der Lehrgang stattfand, war schnell gefunden. Hier also sollten sie - das waren 25 junge Frauen - innerhalb von zwölf Wochen zu kompetenten Flugbegleiterinnen ausgebildet werden. Rosa erinnerte sich noch genau, wie glücklich sie gewesen war, als sie erfuhr, dass sie angenommen worden war und ihr Traum in Erfüllung ging, der Traum von der grenzenlosen Freiheit über den Wolken, vom Fliegen wie Dädalus.

Ziemlich schnell stellte sich heraus, dass vor dem ersten Flug noch eine Zeit intensiver Arbeit lag, in der ihnen alles beigebracht wurde, was zukünftige Stewardessen wissen sollten: vom genauen Serviceablauf über erste Hilfe und Notlandung bis hin zur Notwasserung. Das war nicht immer einfach und anfänglich sogar recht verwirrend, so hieß Frankfurt nicht länger Frankfurt sondern FRA, MUC war München und NYC New York. Und da waren noch die Ansagen auf deutsch, englisch und in der Sprache des jeweiligen Landes, wohin die Reise gehen sollte. Auch auf das Äußere wurde stets ein strenger Blick geworfen, und manches Mal flossen sogar Tränen, weil man sich gar so falsch beurteilt sah.

Doch endlich war es dann soweit und der praktische Teil begann, und so hieß es, raus aus der Attrappe und rein ins Flugzeug. Das Thema des ersten Tages lautete: Service bei leichter Turbulenz. Für die meisten der zukünftigen Flugbegleiterinnen, die den Service an Bord bislang nur aus der Attrappe kannten, was normalerweise mit keinerlei Schwierigkeiten verbunden war, sah nun plötzlich alles ganz anders aus.

Eine Kollegin hatte bereits ein Tablett mit den verschiedenen Säften vorschriftsmäßig vorbereitet und Rosas Aufgabe bestand darin, diese Säfte ohne das Geringste zu verschütten und mit ausgesuchter Freundlichkeit, den als Passagiere agierenden Kolleginnen und Vorgesetzten zu servieren. Dabei sollte der Blick nicht auf das Tablett gerichtet sein, sondern lächelnd auf die betreffenden Gäste. Da kam auch schon das erste Luftloch und die Säfte verließen ihre Gläser, stiegen hoch wie eine Welle, blieben stehen. Rosa schloss die Augen vor Schreck. Doch als sie sie kurz darauf wieder öffnete, waren alle Säfte wie von Zauberhand in ihre Gläser zurückgekehrt. Rosas Hände zitterten, doch tapfer schritt sie weiter, bot ihre Getränke an, nahm Sonderwünsche entgegen und lächelte freundlich. Da kam auch schon das zweite Luftloch und dieses Mal war das Glück nicht auf ihrer Seite. Der an Bord so beliebte Tomatensaft fand nicht mehr seinen Weg zurück ins Glas, sondern vermischte sich mit dem Weiß ihrer Bluse, lief weiter auf den Rock und kam erst in ihren Schuhen zum Stillstand. Voller Entsetzen schaute sie an sich hinunter und Tränen traten ihr in die Augen.

Die zweite Herausforderung war die für den folgenden Tag anberaumte Notwasserung. Zu diesem Zweck fuhren sie hinaus auf die Nordsee, wo ein Rettungsboot ins Wasser gebracht wurde und zwar so, dass es umgekehrt im Wasser zu liegen kam und noch gedreht werden musste, bevor die Passagiere sicher einsteigen konnten. Rosa steckte noch die Erfahrung mit der Turbulenz in den Knochen und zog es daher vor, sich erst mal vorsichtig im Hintergrund zu halten.

Angetan mit einer orangefarbenen Schwimmweste bestaunte sie die hohen Wellen und die tapferen Kollegen, die als erste ins Wasser gesprungen waren und das Rettungsboot drehten, so dass kurze Zeit später alle mehr oder weniger sanft im Boot Platz fanden. Noch heute erinnert sie sich daran, wie sie immer wieder dachte: nur nicht spucken müssen, nur nicht spucken müssen. Aber alles ging gut und am Abend sprachen sie noch lange darüber, fanden alles spannend, neu und ungeheuer aufregend.

Einige Tage später endete der Lehrgang und freudig zogen alle ihre fesche Uniform an; sie waren am Ziel ihrer Träume angelangt und lächelten fröhlich und erwartungsvoll in die Kamera.

Unbeschwerte Zeiten

Es folgten drei wunderschöne, interessante Jahre. Ihre Arbeit führte Rosa rund um den Globus: nach Afrika, Amerika, in den nahen Osten, nach Indien, Pakistan, Thailand, Japan, ja sogar bis nach Australien. Nichts liebte sie mehr, als an einem kalten und grauen Wintermorgen Frankfurt zu verlassen um ein paar Stunden später leicht bekleidet die Sonne von Beirut zu genießen oder mit Kolleginnen über den Souk zu schlendern, umgeben von all den fremden, geheimnisvollen Düften, dem allgegenwärtigen Stimmengewirr und den stets freundlichen Menschen, die die kuriosesten Dinge feilboten. Nach langem Vergleichen, Feilschen und Diskutieren zogen sie dann, selbst fliegenden Händlern gleich, mit all den erstandenen Kupfer- und Messingwaren glücklich zurück zum Hotel, jedoch nicht ohne vorher noch einen Abstecher bei einem der vielen Wahrsager gemacht zu haben. Hier wurde nach einem feststehenden Ritual aus dem Kaffeesatz die Zukunft gelesen. Sobald der türkische Mokka, zuckersüß und schwarz wie die Nacht, ausgetrunken war, drehte man das Tässchen um und wartete voll Spannung bis der Wahrsager es vorsichtig wieder hob und mit ernster Miene den Kaffeesatz betrachtete, bevor er alles, was er für das Glück der Erde hielt, voraussagte: „einen jungen, schönen und reichen Mann, viele Kinder und ein langes Leben", was wollte man mehr?

Aber es waren nicht nur die Reisen in ferne Länder, die ihre Arbeit für sie so interessant machten, es war auch dieses neue, nie vorher gekannte Gruppengefühl, was damit einher ging. Unterwegs war man nie alleine, immer fand sich jemand, der zum Strand, in die Stadt oder in die nähere Umgebung mitkam. Das Leben schien so einfach und unkompliziert, man fand sich schnell zusammen und ging auch genau so schnell wieder auseinander. Rosa liebte ihre neue Großfamilie.

Dieser Lebensstil, den sie liebevoll „Zweckgemeinschaft" nannte, übertrug sich wie von selbst auch auf den privaten Bereich. Und als Rosa wenig später von Hamburg nach Frankfurt übersiedelte, fand sie sich mit fünf Kolleginnen in einer Frauen-WG wieder.
Fünf Frauen teilten sich problemlos eine geräumige Wohnung mit kleiner Küche und noch kleinerem Bad. Die anfängliche Skepsis dem Minibad gegenüber, hatte der Vermieter, seine Erfahrung mit fliegendem Personal ausspielend, schnell zerstreut:

„Niemals sind alle gleichzeitig zu Hause und außerdem baden sie im Hotel!" Das leuchtete fürs Erste ein.

Ziemlich schnell stellte sich dann aber heraus, dass der Alltag mit den Vorhersagen des Vermieters nicht übereinstimmte. Bereits die Tatsache, dass man mehr als fünf Tage pro Monat die Wohnung gemeinsam benutzte, dass man Freunde einlud, zusammensaß, war für ihn ein herber Schock und nur schwer nachvollziehbar. „Herrenbesuche" duldete er ausdrücklich und schweren Herzens nur bis Mitternacht. Damit diese Regel nicht durchbrochen wurde, klingelte er beim leisesten Verdacht Punkt Mitternacht, um die Hausordnung persönlich zu überprüfen. So war das Ende der WG nur eine Frage der Zeit. Eine neue Wohnung musste gefunden werden, dieses Mal zu zweit, das war überschaubarer, aber die Leichtigkeit des fröhlichen Taubenschlags war für immer dahin.

Zwei Jahre waren in der Zwischenzeit vergangen, die Arbeit war immer noch so spannend wie am ersten Tag und doch hatte sich etwas verändert. Ringsherum im Freundeskreis wurde geheiratet, entstanden Familien, wurden Nester gebaut. Es war wie eine Epidemie, die auch vor Rosa und ihrer Freundin nicht halt machte, und so dauerte es nicht lange, bis ein fester Freund gefunden war, sie aus ihrer bequemen Bleibe auszogen, um sich in ein neues Abenteuer mit unbekanntem Ausgang zu stürzen.

Ja, mit der Liebe war das so eine Sache. Genaue Vorstellungen oder diesbezügliche Pläne hatte Rosa nicht. Sie war zwar schon einige Male verliebt gewesen, meist kurzfristig und ohne größeren Kummer, wenn die Sache wieder vorbei war. Sie hatte auch eine ungefähre Idee im Kopf, wie er sein sollte, der Auserwählte, oder besser: wie er nicht sein sollte, aber diese Idee konnte verändert oder sogar ganz verworfen werden, wenn es die Situation erforderte.

Das Terrain der Suche beschränkte sich auf den Arbeitsplatz, denn Kontakte außerhalb der Firma erwiesen sich schnell als problematisch, da das unstete Leben der Fliegerei schon im Vorfeld Schwierigkeiten bereitete. Die aufrichtige Freude darüber, dass die verehrte Freundin das Wochenende in Johannesburg verbrachte oder ihre Freizeit gar mit einer Safari krönte, schwand relativ schnell. Auch die Geschichten, die es von unterwegs zu erzählen gab, verloren schon bald ihren anfänglichen Reiz, wurden vielsagend belächelt und als uninteressant abgetan. Bereitschaftstage und Reserveblocks, die den Monatsplan total verändern konnten, taten ihr übriges und vertrieben die Harmonie vollends.

So ein Bereitschaftstag war es dann auch, der größere Veränderungen mit sich brachte. Irgendjemand war unverhofft krank geworden und Rosa musste einspringen. Eigentlich sollte es ein gemütlicher Tag mit dem Freund werden, als das Telefon klingelte und man ihr mitteilte, sie müsse binnen einer Stunde am Flughafen sein, bereit für eine Fünftagestour innerhalb Europas. Während sie schnell und gut gelaunt ihre Sachen zusammenpackte, verfolgte der Freund das Ganze mit grimmiger Miene.

„Mein ganzes Wochenende ist mal wieder kaputt, aber Du denkst nur an Deine neue Tour, Du bist so egoistisch, was soll ich denn jetzt machen?" sagte er missmutig.

„Mich zum Flughafen fahren zum Beispiel, das wäre keine schlechte Idee" antwortete Rosa leichtfertig und ihrerseits beleidigt über so wenig Verständnis. Warum ihn das Ganze so in Aufregung versetzte, war ihr in diesem Moment nicht ganz verständlich. Wütend stand er auf, warf die Tür knallend hinter sich ins Schloss und verschwand. Dieses Mal für immer. Rosa rief ein Taxi und fuhr achselzuckend zum Flughafen.

Das war wohl nicht der Richtige, dachte sie bei sich.

Als sie am Flughafen ankam, war die Kabinencrew schon an Bord und damit beschäftigt, alle Vorbereitungen für den Abflug zu treffen. Schnell gliederte sich Rosa in das Geschehen ein und übernahm die ihr zugeteilte Aufgabe, als sie hinter sich eine tiefe Stimme sagen hörte:
„Einen Tomatensaft bitte, mit Salz, Pfeffer und ganz viel Zitrone!"
„Mache ich gerne", sagte Rosa freundlich, ohne ihre Arbeit zu unterbrechen.
„Kann ich ihn gleich mitnehmen?", kam es unerbittlich zurück.
„Nach dem Start bringe ich Ihnen sofort den Saft, jetzt geht es leider nicht."
„Wieso nicht?"
„Erst mal guten Tag", sagte Rosa etwas reserviert und stellte sich vor, „ich bin eben erst an Bord gekommen, bin noch nicht fertig mit dem Vorbereiten und die Passagier kommen jeden Moment."

Vor ihr stand ein netter Copilot, der sie freundlich anlächelte und ihr erklärte, er begrüße alle Frauen immer mit diesem Satz, als Test quasi, um herauszufinden, ob sie Humor hätten. Seelenruhig schenkte er sich danach seinen Saft selbst ein.

„Den Test hab' ich dann wohl nicht bestanden", lachte Rosa.
„Nun", meinte er trocken, „ jeder hat eine zweite Chance und die Tour dauert ja fünf Tage!"

Oh Gott, dachte Rosa, ob ich das wohl überstehe?

Vom Glück und Leid

Am Ende der Tour tauschten sie, angenehm überrascht von einander, ihre Telefonnummern aus und versprachen einander wiederzusehen und es dauerte nicht lange, bis sie jede freie Minute zusammen verbrachten. Rosa war begeistert von dieser neuen Situation und genoss ihr Verliebtsein und bald war es beschlossene Sache zusammen zu ziehen. In Rosas Wohnung gab es Platz für zwei und die neue Lebensform gefiel beiden. Eine fröhliche und unkomplizierte Zeit begann. An freien Tagen erkundeten sie Frankfurt, ihre neue Heimat, fuhren in die nähere Umgebung, luden Freunde ein oder genossen das Alleinsein. Alles war harmonisch, Meinungsverschiedenheiten oder gar Streit gab es nie, denn Rosa mochte keinen Streit, lieber gab sie nach. Sie hatte Angst zu verletzen, aber noch viel mehr davor, verletzt zu werden. Vergeben und vergessen fiel ihr unendlich schwer, nicht dass sie es nicht wollte, es ging ganz einfach nicht. Da sie davon wußte, kam es, dass sie allen etwaigen Meinungsverschiedenheiten aus dem Wege ging, um sich und ihr neues Glück zu schützen. Und so führte diese harmonische und glückliche Zeit ohne größere Umwege direkt in eine Ehe, die 23 Jahre dauern sollte, aber eigentlich schon nach drei Jahren zu Ende war, ohne dass sich beide das eingestanden.

Mit der Geburt des Sohnes wurde Rosas Berufsleben ein jähes Ende gesetzt und ehe sie sich versah, fand sie sich auf dem platten Land wieder, an einem Ort, in dem es außer der frischen Luft nichts, aber auch gar nichts gab, kein Kino, keine Geschäfte, keinen Spielplatz. Die Nähe zum Arbeitsplatz des Ehemanns sowie die frische Luft für das Baby und eine akzeptable Miete waren die ausschlaggebenden Kriterien bei der Wahl der zukünftigen Wohnung gewesen, aber Rosa bemerkte sehr schnell, dass sie offensichtlich vergessen hatte, ihre Wunschvorstellungen bei der Planung mit einzubringen. Ob sie zu dem Zeitpunkt keine hatte oder ob sie nur - wie so oft in ihrem Leben - dachte, ach, das wird schon werden, wußte sie nicht mehr zu sagen. So war zwar die Nähe zum Flughafen gewährleistet und auch die Miete war erschwinglich; sogar die Luft, die Wohnung lag ganz in der Nähe eines Waldes, war sauber und gut, aber ansonsten fehlte es an allem, selbst die ärztliche Versorgung für das Baby stellte sich als schwierig heraus, denn es gab keinen Kinderarzt am Ort und Rosa hatte kein Auto.

Ihr Auto, ein alter Opel Rekord, den sie zärtlich „Max" nannte, hatte kurz nach dem Umzug seinen Geist aufgegeben. Ein sogenannter Zweitwagen wurde vorerst nicht in Erwägung gezogen und so dauerte es nicht lange bis sie sich isoliert und von aller Welt ausgeschlossen fühlte. Doch obwohl sie ziemlich enttäuscht war, ließ sie sich nichts anmerken, wollte ihren Traum von Glück und Zweisamkeit nicht so schnell aufgeben und versuchte mit allen Mitteln, der neuen Situation etwas Positives abzugewinnen. Sie schmückte das Heim, machte es gemütlich und verbrachte jede Sekunde mit ihrem Söhnchen. Voll Sehnsucht wartete sie jedes Mal auf die Rückkehr ihres Mannes, der nun ihre einzige Verbindung zur Außenwelt war.

„Mit wem bist Du geflogen, was habt ihr gemacht, wo seid ihr gewesen?", mit diesen Fragen wurde er nach seiner Rückkehr überhäuft und mit strahlenden Augen hörte sie seinen Erzählungen zu. Was sie hingegen zu berichten hatte, war für ihn nicht annähernd so interessant, bestand es doch nur aus ihrer täglichen Routine und den kleinen Fortschritten des Kindes. Rosa glaubte seine Langeweile zu spüren und schwieg. Wenig später bat er sie dann, ihre ewigen Fragen nach seiner Freizeitgestaltung einzustellen mit der Begründung, dass dies nicht mehr ihre Welt sei. Ihre Welt sei jetzt eine andere; dies müsse sie endlich begreifen und das Beste daraus machen.

Auch die Besuche der gemeinsamen Freunde und Freundinnen wurden seltener, da die Entfernung zur Stadt viel zu groß war, um eben mal kurz vorbeizuschauen. Neue Freunde fand sie nicht oder wollte sie nicht finden und so war sie die meiste Zeit alleine mit ihrem Söhnchen, das sie zärtlich liebte und dem sie ihre ganze Aufmerksamkeit schenkte. Sie verschlang alle modernen Erziehungsratgeber; Koch- und Kinderbücher waren ihre tägliche Pflichtlektüre. Rosa tat alles, was in ihrer Macht stand, um sich und den anderen zu beweisen, dass es so wie es war, auch gut war.

Schwieriger wurde die Situation als die freien Tage, die sogenannten Familientage, in einseitige Sporttage umgewandelt wurden. Sport galt dem Ehemann als Garant der Leistungsfähigkeit im Beruf und hatte somit erste Priorität. Theaterbesuche, Konzerte oder gar Kino hatten in diesem Programm keinen Platz. All ihre Einwände stießen auf taube Ohren und wurden damit entkräftet, dass sie diese Aktivitäten doch auch ganz gut alleine bzw. mit einer Freundin machen könne, dafür sei seine Freizeit viel zu kostbar. Rosa staunte

nicht schlecht über diese neue Entwicklung ihrer vermeintlichen Idylle, aber da war sie auch schon zum zweiten Mal schwanger.
„Mache niemanden zu Deiner Priorität für den Du nur eine Option bist", dieser Satz, den Rosa irgendwo einmal gelesen oder gehört hatte, fing an sie zu verfolgen.

Glücklicherweise zog eine ehemalige Kollegin, die auch ihr zweites Kind erwartete in ihre Nähe. Doch während es dieser Freundin meisterhaft gelungen war, zusammen mit Mann und Kind das Leben einer glücklichen Familie zu führen, entglitt Rosa das ihre immer mehr. Vom Ehemann vernachlässigt, den schon bald das Familienleben langweilte, fühlte sie sich verraten und verlassen und es gab niemanden, dem sie sich anvertrauen konnte. Die mahnenden Worte ihres Vaters fielen ihr wieder ein: „Eine Frau braucht einen richtigen Beruf, sie muss unabhängig sein, muss sich selbst ernähren können". Damals hatte Rosa gelacht, jetzt dachte sie anders darüber. Wie schnell hatte sich doch ihr Leben verändert, war es eben noch heiter und voller Überraschungen, schien es ihr nun wie erstarrt, hoffnungslos. Dem einstigen Höhenflug war ein jäher Sturz mit hartem Aufprall gefolgt.

Als der zweite Sohn kurz nach der Geburt starb, versank Rosa in eine tiefe Depression. Die Versprechungen des Ehemannes, sich mehr der Familie zu widmen, gerieten schnell wieder in Vergessenheit, alles wurde nur schlimmer. Wie sie das letztlich überstand, woher sie den Mut nahm und die Kraft, um für sich einen gangbaren Weg zu finden, weiß sie heute nicht mehr, dass es nicht leicht war, daran erinnert sie sich noch genau.

Um sie aus ihrer Starre herauszuholen, riet ihr eine Freundin, ihre ehemalige Tätigkeit während der Sommermonate wiederaufzunehmen. Das sollte sie auf andere Gedanken bringen, wieder fröhlicher werden lassen. Alle begrüßten diese Idee, auch ihre Eltern, die sich um den Kleinen kümmerten, während Rosa versuchte, zur früheren Leichtigkeit zurückzufinden, was jedoch nicht wirklich gelingen wollte. Trotz der schönen Erlebnisse, den netten Menschen, die sie traf, fühlte sie sich nicht mehr dazugehörig, war dies nicht mehr ihre Welt. Ihr einstiges Paradies blieb ihr verschlossen, sie fand nicht mehr zurück.

Als sie eines Nachts im Hotel - es war auf ihrem letzten Flug nach Nairobi - nicht einschlafen konnte, zog sie sich wieder an und ging an die Bar, um noch etwas zu trinken. Außer einem verliebten Pärchen, das in einer Ecke schmuste, gab es keine Gäste mehr. Rosa setzte sich an den Tresen und bestellte einen „Black Russian" in der Hoffnung, danach vielleicht doch noch den ersehnten Schlaf finden zu können. Während sie dem Bartender zuschaute, wie er die Gläser polierte und die bunten Flaschen sortierte, kam zu ihrer großen Verwunderung noch ein später Gast herein. Freundlich grüßend ließ er sich neben ihr nieder mit der Bemerkung, er warte auf seinen Fahrer, der in etwa drei Stunden käme, um ihn abzuholen. Da an Schlafen somit nicht zu denken sei, versuche er sich die noch verbleibende Zeit an der Bar zu vertreiben und sei hoch erfreut, hier jemanden vorzufinden, dem es offensichtlich ähnlich gehe.

Schnell kamen sie ins Gespräch, er erzählte von seiner spannenden Arbeit, von seiner Unfähigkeit länger an einem Ort bleiben zu können, von seiner Rastlosigkeit und Ruhelosigkeit und der damit einhergehenden Bindungsunfähigkeit. Rosa hört gespannt zu, seine Offenheit überraschte sie. Noch nie hatte sie so etwas erfahren. Zu Hause bei den Eltern hatte sie früh gelernt, intime Dinge nicht nach außen zu tragen, vor allem niemanden Einblick in ihre Seele zu geben.

„Immer nur lächeln und immer vergnügt, immer zufrieden, wie's immer sich fügt,......doch wie's da drin aussieht, geht niemand etwas an", so hatte es die Mutter gesungen und ihr Leben danach ausgerichtet.

Um so verwunderter war Rosa, als plötzlich auch sie zu erzählen begann, vor einem wildfremden Menschen ihr Leben ausbreitete wie einen bunten Teppich und wie sie ohne die geringste Scheu erzählte, wie sie während ihrer zweiten Schwangerschaft von ihrem Ehemann angesteckt worden war; wie sie ganz alleine ihren Arzt davon informieren musste; wie sie weglaufen wollte; wie sie wünschte, dass sie das Kind nicht bekommen würde; wie sie mit niemandem sprechen konnte, weil sie sich schämte; wie ihre ganze Welt zusammenzustürzen drohte; wie sie sich, als das Kind kurz nach der Geburt starb, die Schuld gab; eine Schuld, die sie durch ihren Wunsch auf sich geladen hatte. Tränen rannen ihr über das Gesicht, aber sie sprach immer weiter, konnte gar nicht mehr aufhören.

Vorsichtig nahm er ihre Hand und sagte:
„Das dauert eine Weile, gib Dir Zeit, im Moment wendest Du alles, was Dir widerfahren ist gegen Dich, gibst Dir die Schuld, weil Du es noch nicht

fassen und einordnen kannst. Ich kenne solche Situationen, sie lasten wie Steine auf der Seele, alles erscheint dunkel und ausweglos. Man ist wie erstarrt, weil man unfähig ist, zu begreifen, was gerade passiert ist. In solchen Situationen greife ich zur Literatur, sie hat etwas Erhellendes für mich, bringt Licht in das Dunkel. Hier erhalte ich Antworten auf meine Fragen und finde Lösungen.

Auch ich zögerte lange Zeit, mich anderen anzuvertrauen, konnte mich niemandem öffnen, schämte mich und hatte Angst verraten und erneut enttäuscht zu werden. In meiner Not griff ich zu den Büchern, die mir viel bedeuteten und mir ein Eintauchen in fremde Lebensentwürfe ermöglichten. Der Versuch andere zu verstehen, ihr Schicksal von außen zu betrachten, macht vieles klarer und zeigte mir nicht selten Lösungen für mein eigenes festgefahrenes Leben."

„Ich habe schon so lange nichts mehr gelesen", seufzte Rosa,
„ich glaube, ich kann gar nicht mehr lesen, bin viel zu ruhelos.
Seit über drei Jahren blättere ich immer in den gleichen Ratgebern und studiere Kochrezepte. Meine einstigen Lieblingsbücher, die Dramen der

alten Griechen, die Orestie, Medea, Antigone liegen bestimmt unter dickem Staub verborgen."
„Du bist noch so jung, Du kannst noch so viel verändern, Du musst es nur wollen", sagte er fast zärtlich und drückte sie an sich.

Die drei Stunden waren um, sie waren wie im Flug vergangen; und da erschien auch schon der Taxifahrer im Türrahmen.
„Grüß mir Klytaimnestra und Agamemnon" sagte er noch augenzwinkernd, bevor er für immer verschwand.

Rosa blieb noch eine Weile wie betäubt sitzen, ihre Glieder schmerzten wie nach einer schweren Krankheit, sie glühte am ganzen Körper. Wieder in ihrem Zimmer, kroch sie schnell in ihr Bett und zog sich die Decke über den Kopf. Langsam kam der ersehnte Schlaf und hüllte sie sanft ein.

Noch heute erinnert sie sich genau daran, wie sie dann am nächsten Tag froh gelaunt und voller Zuversicht ihren Rückflug antrat. Sie fühlte sich wie neu geboren, glaubte eine Lösung gefunden zu haben.

Frühe Spuren

Wie unvermutet und doch so klar die alten Bilder wieder aufsteigen, die tief verborgen in einem schlummern und von denen man glaubt, man habe sie schon ganz vergessen. Während Rosa nach dem Frühstück noch unentschlossen vor sich hin träumte und sich von der Sonne wärmen ließ, waren sie plötzlich wieder da, machten sie neugierig, ganz so als wären es nicht die eigenen. Sie genoss es, ihren Gedanken freien Lauf zu lassen, und war überrascht über die Bilder, die sie im Gepäck hatten, die wieder ins Bewusstsein drangen. Das Leben aus der Distanz zu betrachten und Zusammenhänge zu überdenken, machte ihr Freude, brachte ihr die erhoffte Erleichterung.

Wie zufällig fiel ihr Blick dabei auf ihre Hände, diese feinen, schlanken Hände, die sie vom Großvater geerbt hatte. „Nichtstuer Hände" pflegte die Großmutter immer etwas abschätzig zu sagen. Hände also, die zum arbeiten nicht gemacht waren oder die nicht arbeiten wollten. Beide Deutungen waren möglich. In Rosas Erinnerung gab es kein Bild, das Rückschlüsse auf das Zusammenleben der Großeltern zugelassen hätte. Da gab es nur die Großmutter, die den Haushalt versah und Anweisungen gab, denen Folge zu leisten war: vom Großvater, der Tochter, der Schwiegertochter und auch von Rosa.

Großmutter war eine strenge Frau, vor der Rosa sich in acht nahm. Zwar bestrafte sie Rosa nie selbst, aber sie verlangte von ihrer Schwiegertochter, Rosas Mutter, dies zu tun. Rosa ging ihr daher aus dem Wege, hielt es lieber mit dem Großvater, der stets zu Späßen aufgelegt war. Gleich nach dem Aufstehen suchte sie seine Nähe, rannte ins Wohnzimmer und es war beruhigend für sie, ihn immer am gleichen Ort zu finden, in seinem großen Sessel hinter einem Buch oder der Zeitung verborgen, umhüllt von einer Rauchwolke, die aus seiner stets glimmenden Pfeife aufstieg.
Noch heute liebt Rosa den Geruch von Tabakrauch, wird es ihr warm ums Herz, wenn sie nur daran denkt.

Großvater war ein fröhlicher Mensch, der gerne sang, lustige Lieder aus seiner bayrischen Heimat und aus Österreich, wo er einige Zeit gelebt hatte. Unwillkürlich musste Rosa lächeln, ja an das eine Lied erinnert sie sich noch besonders gut, da ging es um einen Leib, der allein auf dem Kanapee zurückblieb während die Seele sich in die Höhe schwang. Dieses Lied faszinierte sie, weckte ihre Phantasie, und immer wenn Großvater sich auf das rote Kanapee im Wohnzimmer zum alltäglichen Mittagsschlaf zurückzog, versuchte Rosa seine Seele zu sehen, die sich doch nun in die Höhe schwingen musste. Manchmal behauptete sie, sie habe seine Seele gesehen. Da lachte er dann und zog sie liebevoll an sich.

Großvater hatte bessere Zeiten gesehen, aber dann kamen die Kriege, der erste, dann der zweite, und danach ist er nie wieder so richtig auf die Beine gekommen. Manche behaupteten, es seien nicht nur die Kriege gewesen, sondern eine unüberlegte Bürgschaft habe ihn um seinen gesamten Besitz gebracht und die Enttäuschung über den falschen Freund habe ihn verändert, ihn aus der Bahn geworfen, ihn alltagsuntauglich gemacht. Ab diesem Zeitpunkt habe er alle Aufgaben und Entscheidungen seiner Frau übertragen, die dann das Wenige, das ihnen noch geblieben war, gewissenhaft und gerecht verwaltete, was ihr die bedingungslose Liebe und Bewunderung ihrer drei Kinder einbrachte.

Als Großvater in Rosas Leben trat, sie ihn bewusst wahrnahm, war der 2. Weltkrieg gerade vorbei und die Menschen begannen sich langsam wieder daran zu erinnern, wie es vor dem Krieg gewesen war und versuchten, ein halbwegs normales Leben zu führen. Man legte wieder wert auf sein Äußeres, verwendete mehr Sorgfalt auf sein Erscheinungsbild, bürstete die alten Kleider auf, wendete und drehte sie, bis sie zu neuem Glanz erwachten. Selbst in alten Decken bargen sich ungeahnte Möglichkeiten. Alles was sich finden ließ, wurde herbeigeschafft und die flinken Hände von Rosas Mutter machten in Windeseile aus alt neu, dass es nur so eine Freude war. Auch Rosa hatte ein neues Mäntelchen bekommen, dunkelblau mit einem weißen Kragen, das sie am liebsten auch im Bett getragen hätte, so sehr liebte sie es.

Jeden Nachmittag, so gegen drei Uhr verließ sie an der Hand des Großvaters das Haus. Doch bevor es so weit war, wurde noch ein längerer kritischer Blick in den Spiegel geworfen, der eigens zu diesem Zweck neben der Haustür befestigt war. Großvater sei eitel, sagte man, er achte sehr auf sich und vor allem auf das Kind, das er wie seinen Augapfel hütete und in das er hineinschaute wie in einen goldenen Topf.

Er war eher klein als groß, sehr schlank, hatte freundliche braune Augen und einen lustigen

Schnurrbart, dem er besondere Sorgfalt widmete. Nie wäre er aus dem Haus gegangen, ohne ihn zu bürsten, kämmen und notfalls zu korrigieren, wie er es nannte.
„So ein Bart ist die Zierde des Mannes", pflegte er zu sagen; „die Zierde der Frau hingegen sind ihre Haare" und schon bürstete er Rosas zerzaustes Haar bis es glatt war und glänzte, was sie ganz ohne das übliche Geplärre geschehen ließ. Noch ein letzter prüfender Blick, und sie traten aus der Tür, um wie er sagte, auf „Abenteuer" zu gehen.

Nicht weit vom Haus entfernt, führte ein schmaler Feldweg direkt in den Wald, dorthin, wo das Abenteuer auf sie wartete. Obwohl Rosa erst fünf Jahre alt war, durchstreifte sie zusammen mit ihrem Großvater den Pfälzerwald. Ihr Weg führte sie vom Drachenfels bis zum Siegfriedsbrunnen vorbei an den Ruinen der beiden Jagdhäuser mit den phantasievollen Namen „Murrmirnichtviel" und „Schaudichnichtum", die Rosa so sehr gefielen. Sie sammelten Beeren und Tannenzapfen und jede noch so kleine Hütte verwandelte sich in ihrer Fantasie in das Hexenhaus, auf das einst Hänsel und Gretel im Wald gestoßen waren. Später, zu Hause konnte Rosa gar nicht aufhören zu erzählen, was sie alles so erlebt und welche Gefahren sie gemeistert hatten. Alle Einwände der

Großmutter und der Mutter, er mache das Kind noch ganz verrückt mit seinen Geschichten, trafen auf taube Ohren, prallten an ihm ab.

Später als Rosa mit ihrer Mutter wieder zurück in die Stadt zog, vermisste sie den Großvater und seine Geschichten sehr. Und es sollte eine geraume Zeit dauern, bis sie alt genug war, um allein mit der Bahn an ausgesuchten Wochenenden zu ihrem geliebten Großvater fahren zu dürfen. Schon von weitem konnte sie ihn dann erkennen, wie er wartend am Bahnsteig stand und sobald der Zug hielt, riss sie die Tür auf und stürmte ihm entgegen. Wie glücklich sah er da aus. Schnell zog er eine Tüte Zitronenbonbons aus der Tasche, die sie so sehr liebte und schloss sie fest in seine Arme. Es gab so viel zu erzählen, sie lernte ja jetzt Latein, und überhaupt lernte sie viel, fand alles interessant und neu und freute sich über das Interesse, das er ihren Erzählungen und Geschichten entgegenbrachte. Die Zeit verging wie im Flug und schon bald musste Rosa wieder zurück zum Zug, zurück nach Hause. Großvater brachte sie dann am späten Nachmittag des folgenden Tages zum Bahnhof. Schweigend liefen sie nebeneinanderher und Rosa kämpfte tapfer mit den Tränen. Vom geöffneten Fenster ihres Abteils konnte sie ihn noch lange sehen, wie er mit seinem weißen Taschentuch winkte, wie er immer kleiner wurde, nur noch ein weißer Punkt war und schließlich ganz verschwand. Dann schloss Rosa langsam das Fenster und ließ ihren Tränen freien Lauf.

Suche nach dem Ausweg

Wie schnell doch der Tag vergangen war!
Rosa war kein bisschen müde, obwohl sie schon den ganzen Tag auf den Beinen war. Sie war zufrieden und erleichtert zugleich. Es war richtig gewesen, hierher zu kommen, hier in der Natur wurde der Kopf klarer. Ja, es war ein schöner Ort, wie gemacht um Vergangenes wieder hervorzuholen, Gutes und weniger Gutes. Die Erinnerungen kamen ganz von selbst, ohne ihr Zutun. Wie in einem Buch konnte sie Seite um Seite aufschlagen, zurückblättern, manches einfach überspringen und am Ende ließe sich vielleicht sogar ein neuer Anfang finden. Zufrieden ging sie zu Bett und beschloss, morgen in aller Frühe endlich nach Mykene aufzubrechen. Aber der erhoffte Schlaf wollte nicht kommen, ihre Gedanken kreisten weiter, ließen sie nicht zur Ruhe kommen, führten sie zurück zu der Zeit, da sie glaubte eine Lösung für sich und die Familie gefunden zu haben.

Viel Überzeugungsarbeit war notwendig, bevor es beschlossene Sache wurde. Seit jenem Erlebnis in der Hotelbar in Nairobi suchte sie ruhelos nach einem Ausweg aus der familiären Situation, die sie so sehr belastete, und da sie davon überzeugt war, dass ihr das Leben weit weg von der Stadt nicht bekam, schlug sie einen Umzug vor, der dann ein gutes Jahr später, in die Tat umgesetzt wurde. Die Freundin hatte in einer nahegelegenen Stadt ein interessantes Neubaugebiet entdeckt und Rosa war es gelungen, ihre Familie zu überzeugen, dass es besser für alle wäre, wenn man sich dort gemeinsam niederließe. Kurz darauf fand der langersehnte Umzug statt und von nun an wohnten sie Seite an Seite mit den Freunden. Als dann noch ein eigenes Auto für Rosa angeschafft wurde, schien ihr Glück fast perfekt. Zwar hatte sich in der Beziehung nichts geändert, das eigene Haus machte aus ihnen noch lange keine Familie, aber sie genoss ihre neue Unabhängigkeit und die Zweisamkeit mit ihrem Söhnchen. Sie freute sich über seine Fortschritte und wie die meisten Mütter ihrer neuen Umgebung, bemühte auch sie sich, dem Kleinen alle nur erdenklichen Möglichkeiten zu eröffnen. Angefangen von Schwimmen und Basteln über Malen, Musik- und Kindersprachkurse wurde bis hin zu Reiten, Fechten und Klavierunterricht in späteren Jahren alles möglich gemacht. Rosa war glücklich ihrem Kind all das anbieten zu können, was sie früher gerne gemacht hätte und was aus finanziellen Gründen nicht möglich gewesen war. Und noch mehr freute sie sich darüber, dass der Kleine die Angebote gerne annahm, sie ausprobierte und viele über lange Zeit aktiv weiter betrieb.

Der Alltag einer Mutter in den 70er Jahren des vergangenen Jahrhunderts glich nicht selten dem eines viel beschäftigten Chauffeurs: „hinbringen, warten, nach Hause fahren". Geduldig saßen die Mütter und warteten, manche hatten ein Buch dabei, wieder andere machten Handarbeiten oder unterhielten sich mit einander. Doch sie vergaßen dabei nie ihr Kind insgeheim mit den anderen zu vergleichen, versuchten herausfinden, ob es genau so klug, oder vielleicht doch schon ein bisschen klüger war.
Der spätere Wettkampf um das vermeintliche Glück des Lebens nahm hier bereits seinen Anfang, denn alles wollte sorgfältig vorbereitet sein.

Diese Aufgabe fiel fast ausschließlich den Müttern zu und die meisten übernahmen sie mit ganzer Leidenschaft, verhielten sich so, als wären sie nur auf der Welt, damit es dem eigenen Kind gutgehe. So wurde den Kleinen alle nur erdenklichen Möglichkeiten geboten, in der Hoffnung, ihre wahren Begabungen früh ans Licht zu holen. Wie Blumen aus einen bunten Strauß sollten sie spontan das auswählen, was ihrem Interesse, ihrer

Neigung entsprach. Und um auch ja all ihre Fähigkeiten ans Tageslicht zu befördern, musste so viel wie möglich ausprobiert werden. Verborgenes früh zu erkennen und zu fördern, war die Hoffnung, die sich hinter diesem ehrgeizigen und zeitfressenden Plan verbarg. Alle waren fest davon überzeugt, das Richtige zu tun, wünschten, dass das spätere Leben der Kinder glücklich und erfolgreich verlaufe. Dass sich die Wirklichkeit meist anders gestaltete und dieser gut gemeinte Plan nicht wenige Mütter und viele Kinder unglücklich machte, ist eine andere Geschichte.

Viele der Frauen hatten eine gute Ausbildung, waren vor der Ehe berufstätig gewesen und nun durch Ehe und Kinder ans Haus gebunden, was für die meisten eine gewisse Eintönigkeit bedeutete. Und so versuchten sie insgeheim über ihre Kinder ihren eigenen Alltag aufzuwerten, ihm mehr Glanz zu verleihen, was aber nur solange gelang, wie die Kinder nicht aus der ihnen zugedachten Spur ausbrachen.

Auch für Rosa wurde das Kind immer mehr zum Mittelpunkt ihres Lebens. Alles drehte sich um sein Wohl, um sein Wohlbefinden in der Welt. Die ersten Schuljahre verliefen völlig problemlos,

der Kleine lernte schnell und gerne, war ein munteres Kerlchen und stets zu Streichen aufgelegt.
Rosa war glücklich, das hatte sie also geschafft. Lag das Eheleben nach wie vor im Argen, konnte als gescheitert angesehen werden, so war ihr die Erziehung des Kleinen bislang gut gelungen.

Der ideale Zeitpunkt also, um auch einmal an sich selbst zu denken, fand Rosa. Sie sehnte sich so nach einer echten Herausforderung, nach Anerkennung und Zuneigung. Irgendwo gab es eine Leere, eine stete Unruhe in ihr und sie fühlte deutlich, dass sie dagegen etwas unternehmen musste. Vogel Strauß durfte seinen Kopf nicht länger im Sand vergraben, wollte er nicht ganz darin versinken.

Zaghafter Neubeginn

Eines Tages, an einem kalten Februarmorgen stand ihr Entschluss fest: sie wollte studieren. Und nachdem sie ihre gesamten Unterlagen zusammen hatte, fuhr sie zur nahegelegenen Universität und schrieb sich als ordentliche Studentin in den Fächern Germanistik und Romanistik ein. Vorerst ganz ohne Ziel und ohne Berufsvorstellungen, einfach nur aus Neugierde und Wissensdurst.

Die anfängliche Angst vor der häuslichen Organisation war schnell verflogen und schon bald fühlte sich Rosa wie im Paradies. Den Tagesablauf bestimmte der Stundenplan des Sohnes, d.h. morgens ging man in die Schule bzw. auf die Uni und ab 13 Uhr traf man sich wieder zu Hause. Bis 20 Uhr war dann Kinderzeit, ab 20.30 Uhr begann die Zeit des Studieren. Von Seiten des Ehemanns gab es keinerlei Einwände, aber es konnte auch mit keiner Unterstützung gerechnet werden. Solange es ihn nicht tangierte, d.h. solange er nicht zu irgendwelchen Arbeiten, die außerhalb seines Berufs lagen, herangezogen wurde, war es ihm ziemlich gleichgültig, was der Rest der Familie machte. Außerdem vertrat er die Meinung, dass

Rosa ihren Plan sowieso nicht lange durchhalten würde, dass dieses neue Programm nur eine ihrer zahlreichen Macken widerspiegele. Dies sollte sich jedoch schon bald als Irrtum erweisen.

Die Studienzeit kam einer Therapie gleich. Alles Schwere, sie bedrückende fiel von Rosa ab und sie stürzte sich mit Vergnügen auf die zahlreichen Angebote. Plötzlich war ihr Alltag wieder schön und bunt. Obwohl sich zu Hause fast nichts verändert hatte, war doch alles anders. Die Abwesenheit ihres Mannes bzw. sein Desinteresse an der Familie, störte sie immer weniger, ja, sie war sogar froh darüber, immer öfters alleine zu sein. Gemeinsame Unternehmungen, gemeinsame Urlaube gab es kaum noch. Seiner Meinung nach war ihm dies nicht zumutbar, da Rosa und das Kind ihn, einen Sportbesessenen, nur lähmten und behinderten, ihn einschränkten. Er wollte das Leben in seiner Vielfalt genießen, was dank seines Berufs nur allzu gut möglich war, dabei störte eine Familie. Hätte ein Leben mit Rosa alleine vielleicht noch reizvoll sein können, mit Rosa und Kind war dies nicht mehr der Fall. Er beschuldigte Rosa, dass nur das Kind für sie zähle, ja der Mittelpunkt ihres Leben sei, ihm und seinen Bedürfnissen hingegen kaum Beachtung geschenkt werde. Rosa wiederum gab ihm die

Schuld für dieses, ihr Verhalten, denn hätte er seine Vaterpflichten dem Kleinen gegenüber wahrgenommen, hätte es mithin ein Gleichgewicht in der Erziehung gegeben und Rosa nicht alles alleine zu tragen gehabt, dann wäre auch der Mittelpunkt ihres Lebens ein anderer gewesen.

Von außen betrachtet, lebten sie ein ganz normales Leben, waren eine nette Familie, die von vielen sogar beneidet wurde, innen jedoch waren die Fronten klar abgesteckt: er gewährleistete die Versorgung für Frau und Kind, sie war zuständig für alles Übrige. Er gab sich den Beinamen „Dukaten-Esel" und kokettierte nicht selten damit, dass seine Frau jetzt auch noch studiere, was von vielen mit Skepsis und Misstrauen betrachtet wurde. Selbst Rosas Eltern machten keinen Hehl daraus, dass ihnen das missfiel, allen voran ihre Mutter, die das Studium als Verrat an den Pflichten einer Hausfrau und Mutter ansah. Wann immer Rosa ihr davon vorschwärmte, winkte sie stirnrunzelnd ab, ahnte Veränderungen, wollte nichts hören. Der Vater, nach anfänglicher Zurückhaltung fand es dann doch eine gute Sache und bewunderte heimlich die geliebte Tochter.
Der Anfang war endlich gemacht und das war alles, was für sie zählte. Ihre Tagträume nahmen

Gestalt an und sie schwamm auf einer Woge des Glücks.

Wie konnte ich nur solange zögern, wovor hatte ich solche Angst, dachte Rosa und hielt inne, ließ ihre Gedanken an dieser Stelle länger verweilen.
Die Hoffnung auf eine grundsätzliche Veränderung des Zusammenlebens hatte sie damals schon längst begraben, denn dafür fehlte bei ihnen sowohl die Einsicht als auch die Bereitschaft.
Ihre romantischen Vorstellungen von Ehe und Familie hatten der Wirklichkeit nicht standgehalten. Nun ja, das gab es offenbar auch sonst, da war sie kein Einzelfall, das kannte sie auch aus dem näheren Bekanntenkreis. Damit hätte sie sich arrangieren können, aber dem Gefühl, abhängig und somit ausgeliefert zu sein, hatte Rosa nichts entgegenzusetzen, es nahm ihr die Luft zum Atmen, paralysierte sie, machte ihr Angst und jede Entscheidung unmöglich.

Noch heute erinnert sie sich gut wie selbst alltäglichste Dinge, wie gemeinsame Autofahrten im Stress endeten und bei ihr Ängste freisetzten, die sie regelrecht überrollten. Denn auch hier galt es für ihn immer der Schnellste und Kühnste zu sein.

Wie oft hatte sie nicht schweißgebadet neben ihm im Auto gesessen! Nach einem schweren Unfall, der Rosa etliche Wochen Krankenhaus einbrachte, verweigerte sie von da an vehement gemeinsame Autofahrten, Segeltouren und Skifahrten. Dieses ständige Leben am Limit machte sie krank, damit konnte sie nicht umgehen, und die Zeit des blinden Vertrauens lag schon lange hinter ihr. Doch es dauerte noch eine geraume Zeit bis sie endlich begriff und für sich akzeptierte, dass es niemanden gab, der sie beschützte, der Sorge trug für sie und das Kind. Da nahm Rosa endlich ihren ganzen Mut zusammen und stellte sich der Verantwortung, plante ihr eigenes Leben, wollte verändern.

Setzte dieser Entschluss anfänglich zwar große Ängste frei, so waren es genau diese Ängste, die dazu beitrugen entschieden nach Auswegen zu suchen. Da war vor allem die Angst vor der Verantwortung eine allein erziehende Mutter zu sein, gepaart mit der Angst vor sozialer Ausgrenzung. Wäre Rosa alleine gewesen, ohne Kind, dann hätte sie schon lange das Haus verlassen, hätte ihr Glück anderswo gesucht. Aber da war das Kind und Rosa hatte keinen Beruf, wie sollte sie je in der Lage sein auch nur annähernd soviel zu ver-

dienen, um ihm den jetzigen Lebensstandard zu ermöglichen?
Außerdem, brauchte ein Kind nicht auch einen Vater, gerade ein Junge?
Und ist es nicht besser einen schlechten Vater als gar keinen zu haben?
Hatte sie das Recht darüber zu entscheiden?

All diese Fragen kreisten in Rosas Kopf, bis sie endlich einen für sie annehmbaren Plan gefunden hatte: Warum nicht aus dem nur zum Zeitvertreib begonnenen Studium einen Beruf machen, fragte sie sich und war verwundert, dass ihr diese Idee nicht früher gekommen war. Rosa liebte nicht nur ihre Fächer sondern auch Kinder und Jugendliche. Sie konnte sich nichts Schöneres vorstellen als anderen Wissen zu vermitteln, sie mit Literatur vertraut machen und für Sprachen zu interessieren. Außerdem, hier konnte Beruf und Mutterrolle optimal verbunden werden, blieb neben der Arbeit genug Zeit für das Kind, das in Rosas Vorstellung stets klein blieb, nie erwachsen wurde, stets von ihr umsorgt werden musste.
Ihren Plan behielt Rosa für sich, hütete ihn wie einen Schatz, verschloss ihn tief in ihrer Seele; doch er machte sie glücklich und frei.

Je näher sie dabei ihrem Ziel kam, um so besser fühlte sie sich. Sie hatte etliche neue Freunde in der Zwischenzeit gefunden, ihre Tage waren perfekt strukturiert, niemand kam zu kurz, auch sie nicht. Die regelmäßigen außerehelichen Beziehungen ihres Mannes interessierten sie nicht mehr, sie machten sie weder traurig, noch störten sie sie, sie hatte ihre eigenen.

Sie haderte nicht mehr mit dem Schicksal, sie akzeptierte es so wie es war. Das Leben war angenehmer und leichter geworden, die Reibungsflächen waren abgeschliffen, Streit gab es kaum noch. Aus der Ehe war eine mehr oder minder gut funktionierende Wohngemeinschaft geworden. Rosa erfüllte peinlich genau ihre häuslichen Pflichten, war für alles, was Haus und Kind betraf zuständig. Andere Pflichten blieben ihr erspart, hatte sie nicht zu erfüllen.

Als dann das alte Fernweh wieder in ihr erwachte, übernahm der Sohn stellvertretend für den Ehemann die Rolle des Reisebegleiters, zuerst im nahen Europa und als er älter wurde, trieb es sie in fernere Länder. Amerika, Sri Lanka, Malediven, Ägypten, Mexiko hießen die ausgesuchten Ziele, die sowohl kulturellen als auch sportlichen Interessen Rechnung tragen mussten. Keiner sollte zu kurz kommen, darauf achtete sie genau. Sie wollte ihren Wissensdurst befriedigen, den Sohn zog es mehr zum Sport.

Wie schnell war die Studienzeit vergangen, die Rosa noch immer als die schönste Zeit ihres Lebens empfindet. Alles, was sie in diesen Jahren gelernt und erfahren hatte, hatte aus ihr einen anderen Menschen gemacht. An das erste Examen schloss sich nahtlos ein Referendariat an, was reich an neuen Erfahrungen war und ihr viel Freude bereitete. Alles lief nach Wunsch und die ihr offen entgegengebrachte Anerkennung gab ihr Selbstvertrauen, machte sie glücklich. Sie war voller Zuversicht und glaubte die richtige Entscheidung getroffen zu haben um ihrem Leben eine andere Richtung geben zu können.

Kompromisse

Dass es im Leben nicht nur um Fleiß und genaue Planung geht, sondern dass auch ein gewisses Maß an Glück nicht fehlen darf, sollte sie kurz darauf schmerzlich erfahren. Die all die Jahre ersehnte Anstellung wurde ihr versagt, für die von ihr gewählten Fächer gab es keinen Bedarf, es war die Zeit der Lehrerschwemme.

Aber im Gegensatz zu früheren Enttäuschungen verlor sie nicht den Boden unter den Füßen. Allerlei Tätigkeiten gaben ihr das Gefühl von Selbständigkeit und die Anerkennung, die sie so sehr suchte. Auch war der Sohn in der Zwischenzeit erwachsen, begann sein eigenes Leben. Sein Studium führte ihn in eine andere Stadt und man sah sich seltener. Rosa litt darunter, behielt es aber für sich. Sie fühlte die Leere, jetzt da die Verantwortung ihre Bedeutung verloren hatte. In dieser Zeit näherten sich die Ehepartner einander wieder, arrangierten sich, bezogen ein neues Haus, größer und komfortabler als zuvor, im Gepäck schlummerten die verschiedensten Träume und Erwartungen.

Dies war vor fünf Jahren, dachte Rosa. Keine der Versprechungen und damit verbundener Hoffnung waren in Erfüllung gegangen. Wie schnell hatte er seinen alten Lebensstil wieder aufgenommen, genoss die vielfältigen Möglichkeiten, die sich ihm boten. Schamröte stieg ihr ins Gesicht, wenn sie an ihre unverbesserliche Leichtgläubigkeit dachte. Warum verschloss sie nur immer wieder ihre Augen? Wie eine hungrige Maus war sie in die offene Tür des Käfigs gelaufen, dem verlockenden Käse entgegen. Da fiel die Tür auch schon wieder zu und sie saß in der alten Falle.

Nur allzu schnell verflog sein aktives Interesse an der neuen Behausung, zu den damit erhofften Gemeinsamkeiten kam es nie. Voll Stolz zeigte er jedem seinen Besitz, der, wie er nicht müde werden konnte zu betonen, allein durch seiner Hände Arbeit entstanden war und sonnte sich in der Bewunderung der Freunde, mehr geschah nicht. Anfänglich litt Rosa darunter, dass er sie nicht mit einbezog, sie daran keinen Anteil haben ließ. Alles war allein sein Verdienst, alles hatte er ermöglicht, sogar ihr Studium wurde darunter verbucht, war Teil seiner Großzügigkeit. Sie hatte es zwar gemacht und sogar beendet, was ihn letztlich überrascht hatte. Aber am Ende war sie doch ohne Arbeit und wäre da nicht er, dann wäre sie nichts, wäre weit entfernt vom heutigen Luxus, würde in einer kleinen Dachkammer ihr Leben fristen. Mit ihren kleinen Minijobs würde sie sich kaum über Wasser halten können. Dieses Szenario wurde ihr häufig vor Augen geführt. Dabei ging es ihm nicht darum, dass sie Geld verdienen sollte, nein, sie sollte nur endlich ihren Platz innerhalb der Familie erkennen, respektieren und dankbar sein.

Auch Rosas Freundeskreis machte ihr das Leben nicht leichter. Die einen nahmen ihr übel, dass sie sich wieder arrangiert hatte, dem sogenannten Luxusleben den Vorzug gab, ganz entgegen ihren früheren Aussagen; die anderen, die ebenfalls im Käfig saßen, betrachteten insgeheim schadenfroh ihr erneutes Scheitern.

Wenn Rosa auch immer noch nicht bereit war aufzugeben, so schwamm sie doch weiter mit dem Strom, ohne bestimmtes Ziel und ohne große Hoffnung auf Änderung, ließ sich treiben.

Bis zum gestrigen Morgen.

Da endlich öffnete sie die Tür ihres goldenen Käfigs und brach aus, voller Überraschung darüber, wie einfach es doch war. Sie, die jahrelang immer wieder den einmal gefassten Entschluss durch stets neue, vorgeschobenen Pflichten vereitelt hatte, fühlte sich plötzlich befreit und erleichtert, ganz so wie „Hans im Glück" aus dem Märchen, der unverhofft von der Last des Wetzsteins befreit wurde, als er sich durstig über den Brunnenrand beugte.

Schon immer war „Hans im Glück" Rosas Lieblingsmärchen gewesen. Dafür wurde sie oft verspottet. Keiner ihrer Freunde verstand, was sie am Lebensentwurf eines so einfältigen Menschen faszinierte. Sie selber konnte es damals auch nicht so genau sagen, sie wußte nur so viel, dass es um Erkenntnis ging, dass es sein Spiegelbild im Brunnen war, das ihm seine Situation vor Augen führte. Während er sich noch an dem kühlen Wasser labte, fiel sein Blick wie zufällig auf den schweren Wetzstein, der ihn soviel Mühe und Schweiss gekostet hatte und jetzt wie selbstverständlich neben ihm in der Sonne lag. Da drehte er sich unwillkürlich nach ihm um und dabei fiel der Stein ins Wasser. Die Freude, die Hans empfand, als er sah, wie die erdrückende Last für immer in der Tiefe verschwand, das war es, was Rosa beeindruckt hatte. Das damit verbundene Bild, das sich in ihr Gedächtnis eingrub, zeigte

Hans, wie er von allen Lasten befreit glücklich um den Brunnen tanzte. Das war es, was ihr an ihm gefiel, damals wie heute. Hans konnte loslassen, sie nicht.

Und jetzt bin ich hier, viele Kilometer entfernt von zu Hause, all diese Gedanken kommen und gehen, Bilder ziehen vorbei, machen mich glauben, es wäre erst gestern gewesen, dachte sie und schüttelte ungläubig den Kopf.
Wie schön sich selbst nochmal so nahezukommen, sich einen Zoom in der eigenen Zeit zu ermöglichen. Alles, was einmal wichtig war, was mich geprägt hat, positive Erfahrungen ebenso wie herbe Enttäuschungen, hat mich hierher begleitet und tauchte in dieser friedlichen Natur noch einmal auf, um mir einen Weg zu zeigen.
Ganz allmählich fielen ihr die Augen zu, kam der ersehnte Schlaf. In dieser Nacht träumte sie von Mykene, dem Ziel ihrer Reise.

Am Ziel

Wie viele Stunden mochten vergangen sein, seit sie heute Morgen mit den ersten Touristen aufgebrochen war, um von einem schmalen Trampelpfad aus, die noch verbliebenen und von Seilen geschützten Säulenstümpfe zu besichtigen. Sie hatte sich fest vorgenommen, diesmal nicht zu kneifen, die vorgeschriebenen Pfade nicht zu verlassen.

Hier also sollte einst der Thronsaal gewesen sein und gleich daneben das Bad, in dem Agamemnon, der Held mit der Axt erschlagen worden war. Überall hielten Seile die Touristen zurück, ließen sie nicht näher kommen, verwiesen sie auf die Grenzen. Diese wiederum rächten sich mit nicht enden wollendem Fotografieren. Überwältigt vom Panorama, von der Geschichte oder vom Mythos versuchten sie Mykene, das im dritten Jahrtausend vor Christi Geburt erbaute, für sich festzuhalten. Noch ein kurzer Blick auf das Löwentor, für mehr reichte es nicht, dann zogen die Gruppen auch schon weiter, machten Platz für die nächsten.
Wie lange werden sie diesen magischen Ort im Gedächtnis behalten, fragte sich Rosa.

Als der Abend kam, wurde es ruhiger, der Schwarm der Touristen war verschwunden und die Ruhe kehrte wieder ein. Vor ihr lag die mächtige Palastanlage in der wärmenden Abendsonne. Die Grillen zirpten im Gras und der immerwährende Wind streichelte sanft den Hügel. Rosa genoss die inzwischen menschenleer gewordene Anhöhe, füllte ihre Lungen mit der würzigen Abendluft und schloss für einen Moment die Augen, geriet ins Träumen.

Deutlich sah sie Klytaimnestra vor sich, wie sie da stand auf der Treppe des Palastes, bereit Agamemnon, ihren Mann, nach zehnjähriger Abwesenheit zu empfangen. Gott gleich thronte er auf einem Wagen, sein goldener Helm glänzte in der Sonne, blendete die Menge; zu seinen Füßen kauerte Kassandra, die Seherin und Kriegsbeute. Klytaimnestra drohte zu ersticken, ihre Gedanken überschlugen sich. Schlaff fielen ihre Arme am Körper herunter, sie glaubte ohnmächtig zu werden, so wie damals, als Iphigenie ihm zum Opfer fiel, er ihr geliebtes Kind den Göttern darbrachte. Wie sehr hatte sie all die Jahre gehofft, er möge, wie so viele andere nicht wieder nach Hause kommen, möge endlich aus ihrem Leben verschwinden, sie freilassen.

Wie oft hatte sie bei den Göttern Hilfe gesucht und unzählige Opfer dargebracht, ihr Schicksal in ihre Hände gelegt.
Oh, wie hasste sie jetzt diese Götter, die sich erneut gegen sie wandten, sie fallen ließen und dem Helden den Vorzug gaben.

Der siegreiche Agamemnon war nach Hause zurückgekehrt und wie selbstverständlich genoss er den Jubel, der ihm von allen Seiten entgegen scholl, ließ sich feiern.
Fassungslos trat Klytemnaistra einen Schritt zurück, das Geschrei der Menge machte sie fast wahnsinnig, verdunkelte ihren Verstand.
Nein, dieses Mal würde sie kämpfen und sich nicht beugen, sie würde bleiben, zusammen mit Aigisthos. Rasend vor Wut und Enttäuschung schmiedete sie ihren grausigen Plan.
Aigisthos stand ihr zur Seite.

Später, nach der Ermordung des Agamemnon träumte sie davon, gemeinsam mit Aigisthos in Mykene zu herrschen und dem Land Glück und Frieden zu bescheren, das ewige Blutvergießen zu beenden.

Klytaimnestra, würde man Dich heute fragen, so würdest Du die Zeit mit Aigisthos als die glück-

lichste, als die hoffnungsvollste Deines Lebens bezeichnen. So vieles hatte sich verändert und ein neuer Anfang schien in greifbarer Nähe. Hoffnung keimte in Dir auf; Du glaubtest einen Ausweg gefunden zu haben aus der vorgezeichneten Bahn und fühltest Dich frei.
Später dann, als Agamemnon wieder vor Dir stand und seinen Platz forderte, fiel Dein Traum wie ein Kartenhaus zusammen. Am Ende Deiner Kräfte angelangt, dem Wahnsinn nahe, begehrtest Du noch einmal auf, sahst nur noch eine einzige Lösung und griffst damit zum Äußersten.

Rosa hatte auf der nahen Wiese Blumen gepflückt. Es war ein schöner Strauß, bunt und fröhlich wie ein Sommertag.
„Für Dich Klytaimnestra, Freundin, Vertraute", sagte Rosa und legte ihn in der Nähe der Sarkophage nieder. Dann machte sie sich langsam auf den Weg ins nahgelegene Hotel.

Morgen werde ich wieder zurückfahren, heim, dahin, wo bis jetzt mein Zuhause war, dachte sie bei sich im beruhigenden Bewusstsein, das Ende von etwas erreicht zu haben. Ich werde mir eine neue Bleibe suchen, diesmal für mich alleine.

Meinen Wetzstein werde ich versenken, so wie
„Hans im Glück" es tat;
ganz tief im Brunnen soll er liegen, für immer.